스토리텔링 100점 국어

2 학년

스토리텔링 100점 국어 2학년

2013년 2월 22일 초판 1쇄 펴냄

펴낸곳 | ㈜ 꿈소담이
펴낸이 | 김숙희
기획 · 글 | 서지원 스토리텔링연구소
그림 | 김구슬

주소 | 136-023 서울특별시 성북구 성북동 1가 115-24 4층
전화 | 747-8970 / 742-8902(편집) / 741-8971(영업)
팩스 | 762-8567
등록번호 | 제6-473(2002. 9. 3)

홈페이지 | www.dreamsodam.co.kr
북카페 | cafe.naver.com/sodambooks
전자우편 | isodam@dreamsodam.co.kr

ISBN 978-89-5689-860-5 64800

- 책 가격은 뒤표지에 있습니다.
- 꿈소담이의 좋은 책들은 어린이와 세상을 잇는 든든한 다리입니다.

스토리텔링 100점 국어

2학년

서지원 스토리텔링연구소 기획 · 글
김구슬 그림

소담 주니어

읽기를 잘해야 우등생이 됩니다!

어린이 여러분, 반가워요! 슬기롭고, 지혜로운 어린이를 위해 글을 쓰는 서지원입니다.

여러분은 책을 좋아하나요? 부모님이나 선생님은 늘 책을 많이 읽으라고 하지요? 하지만 책 읽는 게 힘들고, 괴롭고, 두렵지는 않나요?

책 읽는 것이 힘들고, 괴롭다면 책을 읽어 봐야 소용이 없어요. 그렇게 읽은 책의 내용이 머릿속에 남아 있을 리 없지요. 책은 즐겁고, 재미있고, 기쁘게 읽어야 머릿속에 오래오래 남는 거랍니다.

그러면 어떻게 해야 책 읽기가 게임보다 즐겁고, 초콜릿 먹는 것보다 맛있을 수가 있을까요? 그 방법을 말해 줄 테니까, 꼭 실천해 보세요. 이 방법대로 해서 책 읽기를 잘하게 된 선배들이 많답니다.

첫째, 처음에는 쉬운 책부터 읽으세요. 너무 어려운 책은 보지 마세요. 여러분이 쉽게 읽을 수 있는 책부터 시작해 보세요. 2학년이라고 해도 동화책이 어렵다면 그림책을 보세요. 그림책을 많이 읽다 보면, 차츰 그림이 많은 동화책도 읽게 되고, 그 다음에 글이 많은 동화책도 읽을 수 있게 돼요.

둘째, 소리 내어 책을 읽으세요. 눈으로 책을 읽지 마세요. 눈으로 책을 읽으면 머릿속에 자꾸 딴 생각이 난답니다. 그래서 책을 읽어도 머릿속에 들어가지 않아요. 책을 읽을 때에는 또박또박 소리를 내어 천천히 읽으세요. 그러면 책에 집중할 수 있어요.

셋째, 생각을 하면서 책을 읽으세요. 책을 읽으면서 궁금증도 생길 테고, 자신이 겪었던 비슷한 경험도 있을 테고, 모르는 낱말도 나올 거예요. 그럴 때마다 이렇게 중얼거리세요. "어떻게 사람이 작아진 거지?", "아! 나도 지난여름에 개구리를 잡은 적이 있는데!", "대기만성이 무슨 뜻이지? 적어 놓고 나중에 찾아보자."라고 중얼거리는 거예요. 그러면 책을 더 깊이 있게 읽을 수 있어요. 이렇게 책을 읽으면 책 내용이 머릿속에 오래 남아서 여러분의 머리를 좋게 만들어 준답니다.

2학년 친구들! 읽기는 매우 중요해요. 모든 공부는 읽기를 할 줄 알아야 잘하게 되니까요. 숟가락을 못 뜨면 밥을 제대로 못 먹듯이, 글을 제대로 읽지 못하면 공부가 잘 될 리가 없어요. 반대로, 읽기를 잘하면 우등생이 된답니다. 그럼 즐거운 국어 공부를 위해 열심히 노력해 볼까요?

서지원

차례

누구나 할 수 있는 4단계 입체 학습법

1단계 이야기마당

교과서에 나온 핵심 원리가 만화로 나옵니다. 동화를 읽기 전에 미리 만화를 읽으면 어떤 것을 배워야 할지 예습할 수 있습니다.

2단계 스토리텔링

한 편씩 동화를 읽다 보면, 나도 모르게 어려운 공부가 저절로 됩니다. 원리가 그림으로 풀이되어 쉽게 배울 수 있습니다.

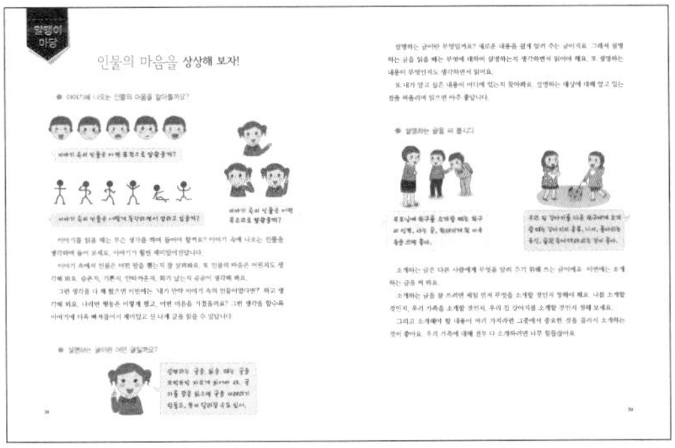

알맹이 마당

인물의 마음을 상상해 보자!

3단계 알맹이마당

동화 속에 나왔던 핵심 원리를 다시 한 번 읽어 보면 절대 잊지 않습니다. 동화 속 주인공이 나와 복습을 가르쳐 줍니다.

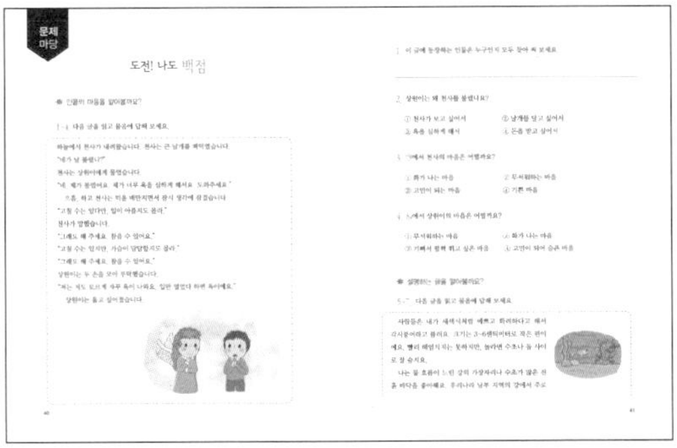

문제 마당

도전! 나도 백점

4단계 문제마당

다 배웠으면 백점 만점에 도전해야지요? 단순한 문제가 아니라, 머리가 좋아지는 문제입니다. 이야기에 숨어 있는 재밌는 문제를 풀다 보면 상상력, 창의력, 논리력이 쑥쑥 자라게 됩니다.

설명하는 글과
소개하는 글을 써 보자

공부할 내용

- 이야기에 나오는 인물의 마음을 알기
- 설명하는 글을 알기
- 소개하는 글 쓰기

곶감의 마음

이야기를 읽을 때는 무슨 생각을 하며 읽어야 이야기가 더 재미있을까?
놀이터에서 노는 생각요.
과자 생각요.
아무 생각 없어요.
이야기를 읽을 때에는 이야기 속에 나오는 인물을 생각하며 읽어야 한단다. 그래야 이야기가 훨씬 재미있어져.
옛날 옛날 어느날 밤이었어. 아기가 자꾸 우는 거야.
엄마는 아기를 달래려고 커다란 산고양이가 찾아왔다고 했어. 하지만 아기는 울음을 멈추지 않았어.

한줄 실기

이야기를 읽을 때는 이야기 속에 나오는 인물을 생각하며 읽는다.

스토리 텔링

잘못 배달된 편지

"오늘도 왔을까?"

상원이는 까치발을 하고 서서 우편함에 손을 쏙 넣었어요.

손끝에 까슬까슬한 편지 봉투가 닿았지요.

상원이는 발끝에 힘을 주어 손을 위로 쭉 뻗었어요.

영차!

상원이는 낑낑대며 노란 편지 봉투 하나를 꺼냈어요.

다다라는 아이가 쓴 편지였어요.

상원이는 고개를 갸우뚱갸우뚱. 벌써 며칠째 다다에게서 편지가 오고 있거든요.

하지만 상원이가 아니라 록수라는 다른 친구에게 쓴 편지랍니다.

아마 전에 이 집에 살던 아이였나 봐요.

'치, 바보처럼 답장이 없는데도 편지를 계속 보내다니.'

상원이는 편지를 탁자 위에 아무렇게나 툭 올려놓았어요.
시계를 보니 엄마가 돌아오시려면 시간이 한참 남았어요.
“심심한데 게임이나 해야지.”
상원이는 기지개를 쭉 펴며 제 방으로 쪼르르, 쏙!

띠용 띠용.

하지만 상원이는 게임에 집중할 수 없었어요. 자꾸 노란 편지 봉투가 마음에 걸렸거든요.

'얼마나 록수라는 애가 보고 싶으면 답장이 없는데도 계속 편지를 쓸까?'

상원이는 마치 제가 다다라도 된 듯 마음이 따끔따끔 아팠지요.

결국 상원이는 게임을 멈추고 일어났어요.
아무래도 오지 않을 편지를 마냥 기다리고 있을 다다가 걱정되었거든요.
'록수는 이제 여기에 살지 않는다고 얘기해야겠어!'
상원이가 방문을 열고 나오는데…….

"으악! 마브르! 안 돼!"
어머나, 이를 어쩌면 좋지요?
상원이는 놀라서 눈이 휘둥그레졌어요.
글쎄, 마브르가 노란 편지 봉투를 아작아작 씹고 있지 뭐예요.
상원이는 마브르를 향해 소리를 꽥 질렀어요.
"야, 마브르! 얼른 내려놔!"

하지만 마브르는 장난인 줄 아나 봐요.

꼬리를 살랑살랑 흔들더니 냉큼 편지를 물고 풀쩍풀쩍 뛰어가지 않겠어요?

“난 몰라, 야, 거기 서!”

상원이는 울상이 되어 마브르 뒤를 쫓았지요.

상원이가 우당탕탕 따라가면 마브르는 겅중겅중 달아나고, 상원이가 이리저리 쫓아가면 마브르는 요리조리 도망치고.

"에잇, 마브르! 너 자꾸 장난칠래?"
그러거나 말거나 마브르는 꼬리만 살랑살랑 흔들며 약을 올렸지요.
그때 상원이 머릿속에 좋은 생각이 반짝!

상원이는 주변을 둘레둘레 살핀 다음, 재빨리 작은 쿠션을 휙 던졌어요.

"자, 마브르! 물어!"

그 순간 마브르는 저도 모르게 쿠션을 향해 점프!

노란 편지 봉투가 밑으로 툭 떨어졌지요.

상원이는 그 틈을 놓치지 않고 얼른 편지 봉투를 낚아챘어요.

하지만 편지 봉투는 이미 마브르의 이빨 자국이 송송 나고, 조금 찢어져 편지지가 비죽 보였지요. 상원이는 편지 내용이 못 견디게 궁금했어요. 몇 번이나 손을 폈다, 오므렸다 결국 상원이는 편지지를 꺼내고 말았어요.

"절대, 절대! 일부러 편지를 뜯은 게 아니야. 난 그저 우연히 본 거라고."

안녕, 록수야.

너와 오랫동안 연락이 되지 않아 걱정이야.

혹시 어디가 아픈 거니?

록수야, 요즘 나는 학원에 다니고 있어.

곧 학교 시험이 있어서 엄마가 억지로 학원에 보내셨지 뭐야.

난 학원에 안 가겠다고 고집을 피우다가 꿀밤만 맞았어.

아, 록수야. 지금 내 마음이 어떤지 짐작 가니?

정말 우울해서 못 견디겠어. 어제는 꽃병을 깨트려서 혼이 나고,

오늘은 할머니 안경을 망가뜨려서 혼이 났어.

꿀밤을 백 대는 더 맞았을 거야.

아직도 꿀밤 맞은 자리가 욱신욱신 쑤셔.

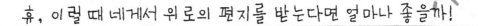

휴, 이럴 때 네게서 위로의 편지를 받는다면 얼마나 좋을까!

'저런, 얼마나 속상했을까?'
상원이는 다다를 위로해 주고 싶었어요.
상원이라도 너무너무 속상할 것 같았거든요.
"그래! 록수가 여기 없다고 알려줄 겸 다다에게 위로 편지를 보내 볼까?"
마브르가 덩달아 "멍!" 짖었어요.
상원이는 연필 꽁무니를 잘근잘근 씹었어요. 이맛살이 잔뜩 찌푸려졌지요. 막상 편지를 쓰기로 마음먹기는 했지만, 한 글자도 제대로 쓸 수가 없었어요. 다다에게 자기를 어떻게 소개해야 할지 좋은 말이 떠오르지 않았거든요.
"첫마디는 뭐라고 하지? 안녕? 반가워? 날 어떻게 소개하면 좋을까? 내 취미부터 말할까? 가족 관계부터? 아, 마브르, 가만있지 말고 좋은 생각 좀 해 봐!"

이야기에 나타난 인물의 마음을 알아보아요!

이야기를 들을 때 인물의 마음을 생각하면서 들으면 더욱 실감이 나겠지요? 이야기를 읽을 때 이런 점을 떠올려 보세요.

① 인물이 어떤 표정으로 이야기했을까?
② 인물의 목소리는 어떨까?
③ 인물이 어떤 동작을 하면서 말하고 있을까?

또 이야기의 내용과 비슷한 경험을 떠올려 보고, 인물의 마음이 어떠할지 생각해 보는 것도 아주 좋은 방법이에요. 이렇게 인물의 마음을 생각하면서 들으면 이야기에 더욱 빠져들어서 재미있고 신 나게 글을 읽을 수 있답니다.

안녕, 다다.

나는 완전 초등학교 2학년 5반, 김상원이라고 해.

갑자기 내 편지를 받고 놀랐지?

네 편지가 며칠째 계속 우리 집으로 배달되었거든.

아쉽게도 록수는 여기에 없어. 아마 예전에 다른 곳으로 이사 간 모양이야.

아, 일부러 편지를 읽어 보려고 했던 건 아니야.

마브르가 네 편지 봉투를 물어뜯는 바람에 우연히 읽어 보게 됐어.

이 녀석은 종이만 보면 뜯고 싶어 하거든.

참, 편지에 보니까 요즘 많이 힘든 모양인데 힘을 내면 좋겠어.

네가 아무리 공부를 못하고 말썽쟁이여도 엄마 아빠는 널 사랑하실 거야.

상원이는 편지를 우체통에 넣었어요.

'이 편지가 언제쯤 도착할까? 다다가 많이 놀라겠지?'

상원이는 다다하고 친구가 될 수 있을 것 같았어요. 왠지 마음이 잘 통할 것만 같았거든요.

소개하는 글을 써 보아요!

소개하는 글은 다른 사람에게 무엇을 알려 주기 위해 쓰는 글이에요. 그러므로 누구에게, 어떤 내용을 소개할 것인지 정하는 것이 가장 중요하겠지요. 또 읽을 사람이 알고 싶어 하는 내용이나 궁금해하는 내용이 무엇일지 생각하면서 이야기하는 것이 좋답니다. 소개해야 할 내용이 여러 가지라면 그 중에서 중요한 것을 골라서 소개하는 것이 좋아요.

새로운 친구에게 나를 소개할 때는 **취미, 좋아하는 것, 싫어하는 것** 등을 자세히 설명해 주는 게 좋겠지요.
부모님께 친구를 소개할 때는 친구의 성격, 사는 곳, 친해지게 된 이유 등을 이야기해 주면 좋을 거예요.
또 우리 집 애완동물을 다른 친구들에게 소개하는 글을 쓰고 싶다면 애완동물의 **종류, 나이, 크기, 좋아하는 음식, 귀여운 행동, 습관** 등에 대해 이야기해 주는 것이 좋겠지요.

이렇게 소개하는 글을 쓸 때는 상대방의 입장에서 읽는 사람이 알고 싶어 하는 내용을 써야 한답니다. 그리고 여러 가지 내용 중에서 중요한 내용을 골라 쓰는 것이 중요하겠지요. **글을 다 쓰고 나면 쓴 글을 다시 한 번 읽어 보고, 잘못된 내용을 고치는 것도 잊지 마세요.**

다음 날, 상원이는 학교가 끝나자마자 집으로 달려왔어요.
대뜸 우편함에 손부터 넣어 보았지요.
손끝에 까슬까슬한 편지 봉투가 닿았어요.
순간, 상원이의 얼굴에 웃음이 활짝 번졌어요.
"답장이다!"

안녕, 상원아.

네 편지를 읽고 정말 기뻤어.

네가 아니면 계속 편지를 잘못 보낼 뻔했어.

일부러 내게 편지를 보내 주다니 넌 참 마음이 따뜻한 아이 같아.

그런데 궁금한 게 하나 있어.

대체 마브르는 누구니?

종이만 보면 물어뜯고 싶어 한다고?

정말 별난 취미를 가진 아이구나.

상원이는 기뻐서 얼른 답장을 썼어요.

다다야,

답장해 줘서 정말 고마워!

그런데 내가 마브르에 대해 설명을 제대로 안 했구나.

미안해.

마브르는 우리 집 강아지야.

레트리버라고, 사냥을 할 때 데리고 다니는 강아지래.

하지만 우리 마브르는 절대 사냥 같은 건 할 수 없을 거야.

덩치는 산만 한데 간은 콩알만 한 겁쟁이거든.

마브르가 잘하는 건 뼈다귀 핥기랑 큰 소리로 '멍멍!' 하고 짖는 거야.

비록 말썽꾸러기 강아지이지만 내게 마브르는 동생 같고, 친구 같아.

이 정도면 우리 마브르에 대해 설명이 충분했니?

설명하는 글을 읽고 대상을 이해해 보아요!

설명하는 글은 새로운 내용을 쉽게 알려 주는 글이지요. 설명하는 글을 읽을 때는 무엇에 대하여 설명하는지 생각하면서 읽는 것이 좋아요.
또 내가 알고 싶은 내용이 어디에 있는지 찾아보고, 설명하는 대상에 대해 알고 있는 점을 떠올리며 읽는 것이 좋답니다. 무엇보다 **설명하는 글을 읽을 때는 글을 또박또박 바르게 읽어야 해요.** 글자를 잘못 읽으면 글을 이해하기도 힘들고, 뜻이 달라질 수도 있으니까요.

상원이가 편지를 쓰고 있을 때였어요.
문이 덜컥 열리더니 엄마가 들어오셨지요.
"어머, 웬일이야! 네가 책상 앞에 다 앉아 있고."
"방해하지 마세요, 엄마. 전 바빠요."
엄마가 책상 앞을 기웃기웃했어요.

“뭘 쓰는데? 숙제야?”

“아뇨, 편지예요. 아주 멀리 사는 친구거든요.”

상원이는 편지지를 접으며 씩 웃었어요.

인물의 마음을 상상해 보자!

이야기에 나오는 인물의 마음을 알아볼까요?

이야기 속의 인물은 어떻게 동작하면서 말하고 있을까?

이야기를 읽을 때는 무슨 생각을 하며 들어야 할까요? 이야기 속에 나오는 인물을 생각하며 들어 보세요. 이야기가 훨씬 재미있어진답니다.

이야기 속에서 인물은 어떤 말을 했는지 잘 살펴봐요. 또 인물의 마음은 어떤지도 생각해 봐요. 슬픈지, 기쁜지, 안타까운지, 화가 났는지 곰곰이 생각해 봐요.

그런 생각을 다 해 봤으면 이번에는 '내가 만약 이야기 속의 인물이었다면?' 하고 생각해 봐요. 나라면 행동은 어떻게 했고, 어떤 마음을 가졌을까요? 그런 생각을 할수록 이야기에 더욱 빠져들어서 재미있고 신 나게 글을 읽을 수 있답니다.

설명하는 글이란 어떤 글일까요?

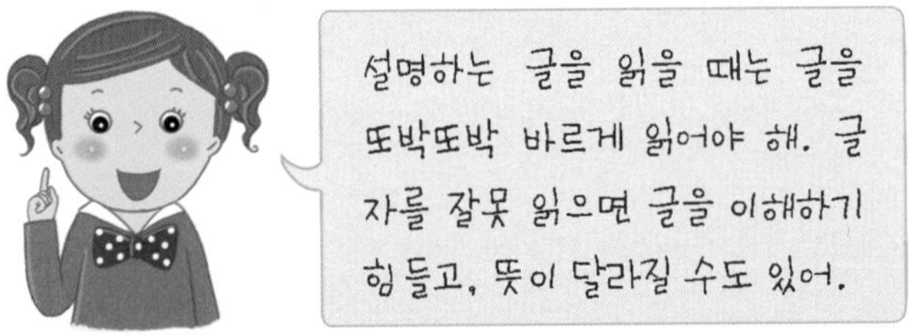

설명하는 글을 읽을 때는 글을 또박또박 바르게 읽어야 해. 글자를 잘못 읽으면 글을 이해하기 힘들고, 뜻이 달라질 수도 있어.

설명하는 글이란 무엇일까요? 새로운 내용을 쉽게 알려 주는 글이지요. 그래서 설명하는 글을 읽을 때는 무엇에 대하여 설명하는지 생각하면서 읽어야 해요. 또 설명하는 내용이 무엇인지도 생각하면서 읽어요.

또 내가 알고 싶은 내용이 어디에 있는지 찾아봐요. 설명하는 대상에 대해 알고 있는 점을 떠올리며 읽으면 아주 좋답니다.

설명하는 글을 써 봅시다.

부모님께 친구를 소개할 때는 친구
의 성격, 사는 곳, 친해지게 된 이유
등을 쓰면 좋아.

우리 집 강아지를 다른 친구에게 소개
할 때는 강아지의 종류, 나이, 좋아하는
음식, 습관 등에 대해 쓰는 것이 좋아.

소개하는 글은 다른 사람에게 무엇을 알려 주기 위해 쓰는 글이에요. 이번에는 소개하는 글을 써 봐요.

소개하는 글을 잘 쓰려면 제일 먼저 무엇을 소개할 것인지 정해야 해요. 나를 소개할 것인지, 우리 가족을 소개할 것인지, 우리 집 강아지를 소개할 것인지 정해 보세요.

그리고 소개해야 할 내용이 여러 가지라면 그중에서 중요한 것을 골라서 소개하는 것이 좋아요. 우리 가족에 대해 전부 다 소개하려면 너무 힘들잖아요.

도전! 나도 백점

인물의 마음을 알아볼까요?

1~4. 다음 글을 읽고 물음에 답해 보세요.

하늘에서 천사가 내려왔습니다. 천사는 큰 날개를 퍼덕였습니다.
"네가 날 불렀니?"
천사는 상원이에게 물었습니다.
"네. 제가 불렀어요. 제가 너무 욕을 심하게 해서요. 도와주세요."
㉠ 으흠, 하고 천사는 턱을 매만지면서 잠시 생각에 잠겼습니다.
"고칠 수는 있다만, 입이 아플지도 몰라."
천사가 말했습니다.
"그래도 해 주세요. 참을 수 있어요."
"고칠 수는 있지만, 가슴이 답답할지도 몰라."
"그래도 해 주세요. 참을 수 있어요."
상원이는 두 손을 모아 부탁했습니다.
"저는 저도 모르게 자꾸 욕이 나와요. 입만 열었다 하면 욕이에요."
㉡ 상원이는 울고 싶어졌습니다.

1. 이 글에 등장하는 인물은 누구인지 모두 찾아 써 보세요.

---

2. 상원이는 왜 천사를 불렀나요?

① 천사가 보고 싶어서 ② 날개를 달고 싶어서
③ 욕을 심하게 해서 ④ 돈을 받고 싶어서

3. ㉠에서 천사의 마음은 어떨까요?

① 화가 나는 마음 ② 무서워하는 마음
③ 고민이 되는 마음 ④ 기쁜 마음

4. ㉡에서 상원이의 마음은 어떨까요?

① 무서워하는 마음 ② 화가 나는 마음
③ 기뻐서 펄쩍 뛰고 싶은 마음 ④ 고민이 되어 슬픈 마음

설명하는 글을 알아볼까요?

5~7. 다음 글을 읽고 물음에 답해 보세요.

사람들은 내가 새색시처럼 예쁘고 화려하다고 해서 각시붕어라고 불러요. 크기는 3~6센티미터로 작은 편이에요. 빨리 헤엄치지는 못하지만, 놀라면 수초나 돌 사이로 잘 숨지요.

나는 물 흐름이 느린 강의 가장자리나 수초가 많은 진흙 바닥을 좋아해요. 우리나라 남부 지역의 강에서 주로

살지요. 알을 낳는 계절이 되면 수컷이 암컷에게 다가가 춤을 추면서 유혹을 해요.
나는 아주 예뻐서 일본으로 수출되어 일본 사람들이 관상용으로 많이 기른답니다.

5. 이런 글을 무엇이라고 하나요?

① 설명하는 글　　② 편지
③ 만화　　④ 전래 동화

6. 이 글은 무엇을 설명하는 글인가요? 알맞지 않은 것을 고르세요.

① 각시붕어라고 불리는 이유
② 각시붕어가 사는 곳
③ 각시붕어가 일본에 수출되는 이유
④ 각시붕어의 가격

7. 각시붕어라고 불리는 이유는 무엇일까요? 글을 잘 읽고 써 보세요.

소개하는 글을 써 볼까요?

8~10. 다음 글을 읽고 물음에 답해 보세요.

우리 할아버지는 산신령처럼 생기셨어요.
눈썹도 하얗고, 머리카락도 하얗고, 수염이 하얀 분이에요.
나는 할아버지에게 물었어요.
"할아버지, 연세가 어떻게 되세요?"
할아버지는 이렇게 말씀하셨어요.
"허허헛! 백 살은 넘었을걸. 나는 나이가 너무 많아서 까먹었단다."

8. 상원이가 쓴 글을 어떤 글이라고 하나요?

① 편지 ② 동화
③ 소개하는 글 ④ 주문

9. 상원이는 지금 무엇을 소개하고 있나요?

① 할머니의 얼굴 ② 할아버지의 취미
③ 할아버지가 사는 곳 ④ 할아버지의 얼굴

10. 상원이처럼 소개하는 글을 잘 쓰려면 어떻게 써야 할까요? 알맞지 않은 것을 고르세요.

① 무엇을 소개할지 정해야 한다.
② 읽을 사람이 알고 싶어 하는 내용이나 궁금해하는 내용을 쓴다.
③ 읽을 사람이 모르는 내용을 쓴다.
④ 소개할 내용이 많을 경우, 알맹이만 쓰지 말고, 모든 것을 다 쓴다.

정 답

1. 전시, 상원이 2. ③ 3. ③ 4. ④ 5. ① 6. ④ 7. 새색시처럼 예쁘고 화려하다고 해서. 8. ③ 9. ④ 10. ④

2장

주장하는 글 쓰기와 편지 쓰는 법 배우는 날

공부할 내용

- 편지를 잘 쓰는 방법을 배우기
- 인물을 상상하며 글을 읽기
- 알맞은 까닭을 들어 주장하는 글 쓰기

이야기 마당

주장하는 글 발표하기

한줄 읽기

주장하는 글을 쓸 때는 무턱대고 주장하지 말고, 꼭 알맞은 까닭을 들어야 한다.

스토리 텔링

내 친구 이름은 다다

"상원아, 피시방 가자!"

해솔이가 책가방을 잡아끌며 소리쳤어요.

하지만 상원이는 고개를 절레절레.

"싫어, 그냥 집에 갈래."

해솔이가 이상하다는 듯 물었지요.

"상원이, 너 이상해. 혹시…… 용돈 떨어졌어?"

"그런 거 아니야. 에잇, 해솔아. 나 급한 일 있으니까 먼저 간다!"

상원이는 해솔이를 밀쳐내고 총총 뛰어갔어요.

상원이는 집에 도착하자마자 우편함 앞에 섰어요.

가슴이 두근두근 콩닥콩닥.

'답장이 왔을까?'

상원이는 눈을 꼭 감고 조심스레 우편함 안에 손을 넣었지요.

'어? 아무것도 없잖아?'

상원이가 잔뜩 실망해서 돌아서는데…….

"어, 엄마!"

상원이는 눈을 동그랗게 떴어요.

엄마가 노란 편지 봉투를 들고 있지 않겠어요?

"다다가 누구지?"

엄마는 갑자기 편지 봉투를 쭉 찢었어요.

순간 상원이는 얼굴이 노랗게 질려서 소리쳤지요.

"엄마! 뜯지 마!"

상원이는 냅다 편지를 낚아채며 벌컥 화를 냈어요.

"왜 남의 편지를 마음대로 뜯고그래!"

"어머, 네 편지였니? 요즘 손으로 편지 쓰는 애들이 없어서 엄마는 광고 편지인 줄 알았지."

엄마는 대수롭지 않은 투로 한마디 덧붙였어요.

"그리고 엄마가 아들 편지 볼 수도 있지, 뭘 그렇게 화를 내고그래?"

엄마의 말에 상원이는 얼굴이 홍당무처럼 새빨개졌어요.

"엄마, 나한테도 프라이시가 있다고!"

"아들, 프라이버시겠지."

엄마는 눈 하나 깜짝하지 않고 상원의 말을 받아쳤어요.

상원이는 화가 나서 발을 동동 굴렀지요.

엄마가 자기 마음을 알아주지 않아서 속상했고, 하고 싶은 말을 제대로 하지 못해서 답답했지요.

"어쨌든! 나도 비밀이 있어! 그리고 손으로 편지 쓰는 다다가 엄마보다 훨씬 좋아!"

하고 싶은 말을 잘 전달해 보아요!

상대방에게 하고 싶은 말을 잘 전달하려면 어떻게 해야 할까요? 무턱대고 주장하지 말고 알맞은 까닭을 들어서 이야기를 해야겠지요? 그래야 상대방이 내 생각을 인정하고 고개를 끄덕여 줄 수 있을 거예요.

하고 싶은 말을 조리 있게 정리하여 이야기하는 습관을 길러 두면 친구나 부모님께 내 생각을 잘 전달할 수 있을 뿐만 아니라, 생각을 깊이 있고 정확하게 정리할 수 있게 된답니다.

〈하고 싶은 말을 할 때 주의해야 할 점〉

① 내 주장이 무엇인지 잘 드러나게 말한다.

② 내 주장을 뒷받침할 만한 알맞은 까닭을 제시한다.

상원이는 홱 돌아서서 자기 방으로 들어가 버렸어요.
엄마가 반쯤 뜯어 놓은 봉투 사이로 노란 편지지가 힐끔 보였지요.
상원이는 조심조심 편지지를 꺼내 펼쳤어요.

안녕, 상원아.

마브르 모습을 상상하다가 깔깔 웃어 버렸어.

작은 토끼를 무서워하는 커다란 사냥개의 모습이 떠올랐지 뭐야.

참, 어제 엄마가 빨간 장화를 사 주셨어.

빨간 치마랑 어울릴 것 같아.

너랑 같이 새 장화를 신고 물웅덩이를 팔짝팔짝 뛰어 다니고 싶어.

이제 너와 난 친구가 됐으니까!

'나랑 다다랑……! 친구……!'

상원이는 기뻐서 가슴이 쿵쿵 뛰었어요.

얼굴도 보지 못했고, 목소리도 듣지 못했지만 분명 다다는 아주 좋은 아이일 것 같았지요.

편지 쓰는 방법을 알아보아요!

누군가에게 고마움을 느꼈을 때, 특별한 소식을 전하고 싶을 때, 안부를 주고받을 때 우리는 편지를 주고받습니다. 편지를 쓸 때는 꼭 들어가야 하는 내용들이 있어요.

① 받을 사람
② 첫인사
③ 전하고 싶은 말
④ 끝인사
⑤ 쓴 날짜
⑥ 쓴 사람

편지를 쓸 때는 위의 여섯 가지 내용이 꼭 들어가야 하지요. 또 쓰고자 하는 내용을 잘 나타낼 수 있도록 바른 말을 사용해야 합니다. 편지는 받는 사람이 정해져 있는 글이므로, 받을 사람에 따라 알맞은 말을 쓰는 것도 중요하지요.

하지만 상원이의 기쁜 마음은 오래가지 못했어요.

그날 저녁, 엄마가 아빠에게 투덜댔거든요.

"여보, 요즘 상원이가 변했어. 비밀도 많아지고, 나한테 버럭버럭 소리를 지르고 나 정말 말도 못하게 속상해."

순간 상원이는 울컥 화가 났어요.

'먼저 잘못한 사람은 엄마잖아요. 내 편지를 마음대로 뜯고, 내 마음도 몰라 주고…….'

하지만 상원이는 아무 말도 하지 못했어요.

만약 상원이가 따져 물었다가는 엄마와 아빠는 상원이더러 버릇없다며 나무랄 테니까요.

'정말 속상한 사람은 나라고…….'

화가 난 상원이는 책상 앞에 앉아 편지지를 꺼냈어요.
문득 〈백조 왕자〉라는 동화가 떠올랐어요.
〈백조 왕자〉에 나오는 왕자들이 꼭 지금 자기처럼 느껴졌거든요.

다다, 난 지금 몹시 슬퍼.

〈백조왕자〉라는 이야기 읽어 봤니?

옛날 어느 성에 씩씩한 왕자 열한 명이랑 예쁜 공주가 살았어. 어느 날 그 성에 새 왕비가 왔지.

새 왕비는 임금님한테 왕자들에 대해 거짓말을 했어.

아무 잘못도 하지 않았는데 큰 잘못을 저지른 것처럼 속였지. 화가 난 임금님은 왕자들을 마구 야단쳤단다.

그날 밤, 새 왕비는 마법으로 왕자들을 모두 백조로 만들어. 그리고는 임금님한테 꾸중을 듣고 화가 난 왕자들이 성을 나갔다고 거짓말을 해. 왕자들은 억울하게 혼나고, 백조가 되어 성에서 쫓겨났는데 말이야!

난 지금 그 동화 속에 나오는 왕자가 된 기분이야.

엄마는 자기 잘못은 쏙 빼놓고 내가 잘못한 것만 아빠한테 다 일러바쳤어. 정말 너무하지 않니?

편지를 다 쓰자 속상했던 마음이 조금 풀리는 듯했어요.

상원이는 편지를 네모 반듯하게 접어 봉투 속에 넣고 잠자리에 들었지요.

'내일 아침에 우체통에 넣어야지…….'

인물의 모습과 행동을 상상하며 글을 읽어 보아요!

글을 읽을 때 인물의 모습과 행동을 상상하며 읽으면 이야기를 더 잘 이해할 수 있을 뿐만 아니라 더욱 실감나고 재미있게 글을 읽을 수 있지요.

① 인물의 행동과 모습에 어울리는 목소리로 글을 읽어 보세요.
② 인물의 성격을 생각하며 읽어 보세요.
③ 인물이 하고자 하는 말이 무엇인지 생각하며 읽어 보세요.

이렇게 글을 읽으면 인물이 눈앞에 나타난 것처럼 생생하고 실감 나는 기분을 느낄 수 있을 거예요.

그날 밤이었어요.

캄캄한 상원이 방 안에서 갑자기 파란 불빛이 반짝였지요.

그러다 저녁 때 상원이가 쓴 편지가 푸르스름하게 빛나며 두둥실 떠오르지 않겠어요?

편지는 혼자 공중에서 빙그르르 돌더니 푸른빛과 함께 사라져 버렸어요!

"아아아악!"

상원이는 엄마의 비명 소리에 깜짝 놀라 깼어요.

"어, 엄마?"

허겁지겁 달려 나오니 이게 웬일이에요?

엄마 얼굴이 온통 검은색의 낙서투성이였지요.

엄마는 펄쩍펄쩍 뛰며 난리법석이었어요.

"아악, 도대체 이게 무슨 날벼락이야? 씻어도 지워지지 않아!"

상원이는 어리둥절 멍하니 엄마를 보았지요.

그러다 뭔가가 눈에 띄었어요.

'앗! 저것은……. 편지잖아?'

그래요, 거실 한 구석에 상원이가 다다에게 쓴 편지가 떨어져 있었어요.

봉투 끝에 검은색 잉크가 잔뜩 묻은 채로요.

'호, 혹시 다다가 한 짓일까? 설마……. 그럴 리 없어!'

상원이는 고개를 휘휘 세게 저었지요. 정말 간밤에 무슨 일이 벌어진 걸까요?

내 생각을 잘 전달해 보자!

편지를 잘 쓰려면 어떻게 써야 할까요?

과자
고마운 편지를 쓸 때에는 고마움을 느꼈던 일이나 고마웠던 순간을 떠올려서 쓰도록 해.

편지를 잘 쓰려면 꼭 들어가야 하는 내용들이 있어요. 다음 여섯 가지예요.

받을 사람 → 첫인사 → 전하고 싶은 말 → 끝인사 → 쓴 날짜 → 쓴 사람

누군가에게 고마움을 느꼈을 때, 특별한 소식을 전하고 싶을 때, 안부를 전할 때 편지를 써 봐요. 편지를 쓸 때에는 쓰고자 하는 내용을 잘 나타낼 수 있도록 바른 말을 사용해야 해요.

인물을 상상하며 글을 읽으면 좋은점은?

백설공주
인물을 상상해서 읽으면 인물이 눈앞에 나타난 것처럼 생생한 기분을 느낄 수 있어.

글을 읽을 때 인물의 모습과 행동을 상상하며 읽어 봐요. 그러면 이야기를 훨씬 더 잘 이해할 수 있고, 이야기를 더욱 실감나고 재미있게 느낄 수 있어요.

첫째, 인물의 행동과 모습에 어울리는 목소리로 글을 읽어요.
둘째, 인물의 성격이 잘 드러나게 읽어요.
셋째, 인물이 하려는 말이 무엇인지 생각하며 읽어요.

알맞은 까닭을 들어 주장하는 글을 써요.

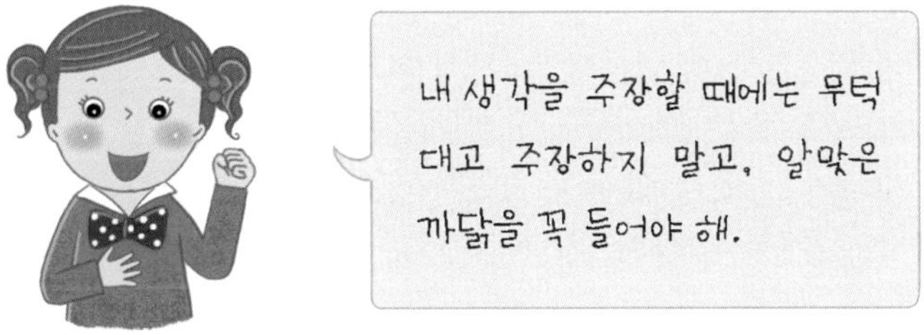

내 생각을 주장할 때에는 무턱대고 주장하지 말고, 알맞은 까닭을 꼭 들어야 해.

상대방에게 내가 하고 싶은 말을 잘 전달하려면 어떻게 해야 할까요?

무턱대고 주장하지 말고 알맞은 까닭을 들어서 이야기를 해야 해요. 그래야 상대방이 내 생각을 알아듣고 고개를 끄덕여 줄 수 있어요.

첫째, 읽는 사람을 생각하면서 쓰도록 해요.
둘째, 내 주장이 무엇인지 잘 드러나게 써요.
셋째, 내 주장을 뒷받침할 만한 알맞은 까닭을 들어서 써요.

도전! 나도 백점

편지에 대해 알아볼까요?

1~3. 다음 글을 읽고 물음에 답해 보세요.

엄마 에게

안녕하세요.
엄마, 제가 누군지 아세요? 모르죠?
아차, 내가 엄마라고 불렀으니 정체가 들통 났네요.
바로 엄마의 소중한 아들 상원이에요.
이렇게 엄마에게 편지를 쓰는 이유는 엄마가 항상 고맙기 때문이에요.
아침마다 깨워 주고, 식사를 챙겨 주고, 집안일을 하느라 항상 눈코 뜰 새 없이 바쁜 엄마.
엄마에게 지금은 특별하게 기쁘게 해 줄 수 있는 게 없지만, 나중에 꼭 엄마를 기쁘게 해 줄 수 있는 일이 있을 거예요.
고마워요. 엄마. 사랑해요.

2012년 5월 8일
엄마의 사랑하는 아들
상원이 올림

1. 편지를 잘 쓰려면 꼭 들어가야 하는 내용들이 있어요. 다음 중에서 모두 골라 보세요.

받을 사람	첫인사	화내는 말
끝인사	공부 이야기	이메일 주소
쓴 날짜	쓴 사람	전하고 싶은 말

2. 이 편지에서 꼭 들어가야 할 내용을 찾아서 써 보세요.

받을 사람 ____________________

첫인사 ____________________

전하고 싶은 말 ____________________

____

끝인사 ____________________

쓴 날짜 ____________________

쓴 사람 ____________________

3. 상원이는 이 편지를 왜 썼나요? 그 이유를 찾아 써 보세요.

____

인물을 상상하며 글을 읽어 볼까요?

4~7. 다음 글을 읽고 물음에 답해 보세요.

월요일 아침, 희지와 엄마의 등교 전쟁이 시작됐어요.

㉠"또 배가 아파? 넌 어떻게 된 애가 월요일만 되면 배가 아프니?"

참다못한 엄마가 버럭 소리를 질렀어요.

희지는 고개를 숙인 채 배를 문지르고 있었어요.

"정말 아파? 이리 와 봐! 어디? 여기?"

엄마는 희지의 배를 이리저리 눌러 보았어요. 희지는 얼굴을 잔뜩 찡그린 채 허리까지 구부리고 있었지요.

㉡"엄마, 화장실 갔다 올게."

희지는 얼른 화장실로 달려갔어요. 설사하는 소리가 들렸어요.

㉢"학교 갈 시간 다 됐는데, 이를 어쩌지?"

엄마가 힘없이 중얼거렸어요.

4. 인물을 상상해서 글을 읽으면 어떤 점이 좋을까요? 알맞지 않은 것을 고르세요.

① 이야기를 잘 이해할 수 있다.
② 이야기를 더욱 실감나게 읽을 수 있다.
③ 이야기를 더 재미있게 느낄 수 있다.
④ 인물의 모습이 떠오르기 어렵다.

5. 위 글에서 ㉠은 인물이 어떤 모습과 행동으로 말했을까요?

① 화가 나고 걱정스러운 목소리
② 기쁜 목소리
③ 즐거워서 입을 크게 벌리는 행동
④ 몸이 아프고 괴로운 얼굴

6. 위 글에서 ㉡은 인물이 어떤 모습과 행동으로 말했을까요?

① 충성스러운 얼굴
② 기쁘고 환한 목소리
③ 즐거워서 입을 크게 벌리는 행동
④ 몸이 아프고 괴로운 얼굴

7. 위 글에서 ㉢은 인물이 어떤 얼굴로 말했을까요? 그림에서 골라 보세요.

① ② ③ ④

8~10. 다음 글을 읽고 물음에 답해 보세요.

나는 우리 동네에 개똥이 너무 많은 것 같습니다.
사람들이 강아지를 집안에 키우는 것도 좋고, 개를 산책시키는 것도 좋습니다.
하지만 개가 똥을 누면 반드시 치워야 합니다.
동네가 더러워지고, 똥을 밟으면 기분이 정말 똥 같습니다.
다른 사람들이 안 본다고 몰래 도망을 가는 것은 아주 나쁜 짓입니다.
그런 사람을 바로 '개똥 인간'이라고 부르고 싶습니다.
엄마는 그런 사람은 양심에 털이 난 사람이라고 합니다.
나는 양심이 아예 없는 사람들이라고 말하고 싶습니다.
개똥을 치우려면 개를 끌고 나올 때 반드시 비닐봉지를 갖고 나와야 합니다.
명심하세요! 개를 키우고 싶다면 개똥도 치울 줄 알아야 한다는 것을!

8. 이 글은 상원이가 쓴 글입니다. 이런 글을 어떤 글이라고 하나요?

① 편지　　② 소개하는 글

③ 주장하는 글　　④ 일기

9. 상원이는 지금 어떤 주장을 하고 있나요?

① 개똥을 치우자.

② 비닐봉지를 함부로 버리지 말자.

③ 나는 개똥 인간이다!

④ 우리 동네에는 개똥이 많아서 좋다.

10. 상원이는 개똥을 치워야 하는 까닭을 무엇 때문이라고 주장했나요?

① 개똥도 약에 쓰려고 찾으면 없으니까.

② 동네가 더러워지고 똥을 밟으면 기분 나쁘니까.

③ 비닐봉지를 들고 다니니까.

④ 양심에 털이 나려고.

정답

1. 받을 사람, 첫인사, 끝인사, 쓴 날짜, 쓴 사람, 전하고 싶은 말 2. 받을 사람 – 엄마 / 첫 인사 – 안녕하세요. / 전하고 싶은 말 – 엄마가 항상 고맙기 때문이에요. 나중에 꼭 엄마를 기쁘게 해 줄 수 있는 일이 있을 거예요. / 끝인사 – 고마워요. 엄마. 사랑해요. / 쓴 날짜 – 2012년 5월 8일 / 쓴 사람 – 상원이 3. 엄마가 항상 고맙기 때문 4. ④ 5. ① 6. ④ 7. ② 8. ③ 9. ① 10. ②

초대하는 글을 잘 쓰는 법

공부할 내용

- 초대하는 글이 어떤 글인지 알기
- 초대하는 글을 잘 쓰는 방법 배우기
- 반대말에 대해 알기

이야기 마당

잘못된 초대장

한줄읽기

초대하는 글에는 받을 사람, 때와 곳, 쓴 날짜, 초대하는 까닭을 쓴다.

스토리 텔링

맙소사! 마법 세계라니!

그날 상원이는 온종일 뒤숭숭한 기분에 어쩔 줄 몰랐어요.
학교가 끝나자 부리나케 집으로 달려와 우편함 속에 손을 쏙!
이번에는 다다의 편지가 무사히 들어 있었어요.

상원아, 안녕! 오늘은 기분이 어때? 어제 통쾌하게 복수를 해 줬으니까 슬픈 기분이 나아졌겠지?

하하, 그렇게 고마워하지 않아도 돼.

넌 나한테 아주 소중한 친구니까, 그런 일쯤은 누워서 떡 먹기지!

혹시 누굴 골탕 먹이고 싶거든 말만 해. 골탕 먹이기 마법은 내 특기니까!

참, 상원아. 너만 괜찮다면 난 너를 우리 집에 초대하고 싶어.

만약 네가 우리 집에 오고 싶다면, 반지의 요정에게 '라블라블뽀아띠! 반지야, 날 다다에게 데려가 줘!'라고 기도해. 그러면 돼.

상원이는 부랴부랴 편지를 읽었지요.

편지 봉투 안에는 편지와 함께 노란 반지가 들어 있었어요.

'골탕? 마법은 또 무슨 소리지? 다다가 만화를 너무 많이 봤나…….'

초대하는 글을 써 보아요!

학예회라든지 발표회, 생일, 음악회, 잔치, 연극 공연, 운동회 등 여러 가지 특별한 상황이 생겼을 경우 우리는 초대하는 글을 써서 상대방을 초대할 수 있습니다.

제목, 받을 사람, 초대하는 말, 때, 곳, 쓴 날짜, 쓴 사람 등을 빠짐없이 써야 합니다. 그리고 예의 바르게 적절한 말을 사용하는 것이 중요하지요.

상원이는 다다가 준 반지를 만지작만지작.

“마브르, 다다가 어떤 애 같아? 거짓말쟁이 같지는 않아? 에잇! 모르겠다. 속는 셈치고 한번 해 보지 뭐. 라블라블뽀아띠! 반지야, 날 다다에게 데려가 줘!”

어머나, 세상에!

상원이의 말이 떨어지기 무섭게 벽에 커다란 문이 생겼지 뭐예요.

“맙소사, 무, 문이 생겼어!”

그때 갑자기 삐그덕 문이 열렸어요.
그리고 빨간 장화를 신은 여자아이가 고개를 쏙!
상원이를 보고 방긋 웃었지요.
"상원아, 안녕?"
다다였어요.
"다다? 다다니?"
다다는 상원이의 손을 잡아당기며 말했어요.
"응. 나야, 상원아. 얼른 들어와. 반지의 요정이 곧 문을 닫을 거야."
상원이는 얼떨결에 다다를 따라 문 안으로 쏙!

하지만 이를 어쩌면 좋지요?

상원이는 무사히 문을 지났지만 마브르가 그만 벽 사이에 끼고 말았어요!

“멍! 멍멍!”

“맙소사, 마브르!”

다다는 벽을 더듬더듬 더듬더니, 무언가 힘껏 잡아당기기 시작했어요.

“상원아, 나 좀 도와줘.”

상원이는 다다를 힘껏 잡아 당겼지요.

다다의 손에 들려 있는 건 마브르가 아닌 종이쪽지!

반대말을 외치시오.

쪽지에는 낱말이 적혀 있었어요.

남자

"멍, 멍멍!"
마브르가 또다시 짖었지요.
상원이는 마음이 급해졌어요.
"남자의 반대말은……. 여자!"
그러자 벽에 주먹만 한 구멍이 쑥 생겨났어요.
"여기 또 다른 쪽지들이 있어!"
다다가 여러 장의 쪽지를 상원이에게 내밀었어요.

상원이가 정답을 말할 때마다 벽에 난 구멍이 점점 커졌어요.

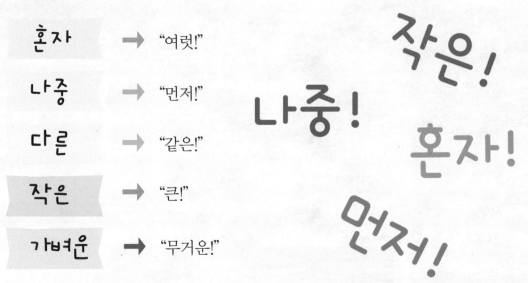

혼자 → "여럿!"

나중 → "먼저!"

다른 → "같은!"

작은 → "큰!"

가벼운 → "무거운!"

작은!

나중!

혼자!

먼저!

무거운!

모든 답을 외치자 커다란 구멍에서 마브르가 폴짝 뛰어나왔지요.

"멍!"

"마브르!"

반대말에 대해 알아볼까요?

반대말이란 그 뜻이 서로 정반대되는 관계에 있는 말을 뜻해요. **한 쌍의 말 사이에 서로 공통되는 의미가 있으면서, 한편으로는 서로 완전히 다른 한 개의 의미도 있어야만 반대말이 될 수 있지요.**

예를 들어서 '남자'와 '여자'라는 말은 모두 사람의 성별을 가리키는 말이라는 공통점을 갖고 있지만, '남자'는 남성의 성을 가리키는 말이고, '여자'는 여성의 성을 가리킨다는 서로 다른 의미를 갖고 있어요. 그래서 반대말이 되는 것이랍니다.

마브르는 기지개를 쭉 펴며 중얼거렸어요.

"멍! 하마터면 못 빠져나올 뻔했네."

"그러게, 정말 큰일 날 뻔……."

상원이는 맞장구를 치다 소스라치게 놀랐어요.

"으악! 마브르가 말을 했어. 말을!"

그러자 다다가 빙그레 웃으며 말했지요.

"상원아, 마법 세계에서는 모두가 말을 할 수 있어. 개, 고양이, 풀, 나무, 모두 모두!"

다다의 말에 상원이의 눈이 왕방울만 해졌지요.

"마! 법! 세! 계! 뭐? 마법 세계라고?"

"그래, 마법 세계. 마법 세계에 온 것을 환영해!"

마법 세계는 온통 멋진 일뿐이었어요.

"라블라블뽀아띠! 나와라, 구름 다리!"

다다가 주문을 외우자, 반지에서 빛이 번쩍!

몽글몽글 구름이 피어나더니 기다란 구름 다리가 하늘 위까지 이어졌지요.

"자, 올라가자. 상원아."

다다가 상원이의 손을 이끌었어요.

상원이는 신 나서 마브르와 함께 폴짝폴짝.

새하얀 구름을 데굴데굴 굴려 보고, 보송보송 구름으로 구름집을 짓고.
상원이와 마브르 몸에도 구름이 몽글몽글.
"다다야, 여기 정말 신 나고 재미있어!"

한바탕 신 나게 놀고 있는데, 어디선가 엄마 목소리가 들려왔어요.
"상원아, 밥 먹자."
상원이와 다다는 장난을 멈추고 서로를 바라보았지요.
"상원아, 이제 돌아갈 시간이야. 우리 나중에 또 같이 놀자."
다다는 새끼손가락 두 개를 앞으로 모우고 주문을 외웠어요.
"라블라블뽀아띠! 열려라, 문!"

벌컥!

상원이의 방문이 열리고, 엄마의 표정이 일그러졌지요.
"상원아! 옷이 그게 뭐니? 뭐가 묻은 거야?"
엄마는 희끗희끗한 상원이의 옷을 보며 소리쳤어요.
상원이는 대답 대신 마브르를 보며 킥킥 웃었지요.
마브르도 꼬리를 살랑살랑 흔들며 멍!

알맹이 마당

초대하는 글을 써 보자!

초대하는 글은 어떨 때 쓸까?

생일이나 가족 행사, 발표회를 할 때 초대장을 써 봐.

다른 사람을 초대하고 싶을 때는 글을 써서 초대해 봐요. 초대 받는 사람들이 무척 기뻐할 거예요.

초대하는 글은 학예회라든지 발표회, 생일, 음악회, 잔치, 연극 공연, 운동회 등이 있을 때 쓰면 돼요. 초대하는 글은 받는 사람이 오랫동안 기억할 수 있어야 하고, 언제 어디로 초대하는지 때와 장소를 정확하게 써야 해요.

초대하는 글은 어떻게 써야 할까?

초대하는 글을 쓸 때는 반드시 써야 할 것들이 있어요.

제목, 받을 사람, 초대하는 말, 때, 곳, 쓴 날짜, 쓴 사람이에요. 이것이 빠지면 초대 받는 사람이 잘 알 수가 없어요. 그리고 무엇보다 예의 바른 말을 골라 써야 해요.

이렇게 초대하는 글을 쓰면, 초대 받는 사람은 오래 기억할 수 있고, 정성스러운 마음을 간직할 수 있어요. 그리고 초대하는 시각과 장소 등도 정확하게 기억할 수 있게 돼요.

반대말에 대해 알아볼까요?

반대 말은 서로 다른 뜻을 가진
말이라서 대의어, 상대어라
고도 해.

반대말은 그 뜻이 서로 정반대가 되면서도, 서로 공통점이 있어야 해요.

'남자' 의 반대말은 '여자' 예요. 남자와 여자는 사람의 성별을 가리키는 말이라는 공통점을 갖고, '남자' 는 남성의 성을 가리키는 말이고, '여자' 는 여성의 성을 가리키는 말이에요.

'크다' 의 반대말은 '작다' 예요. 크다와 작다는 크기를 나타내는 공통점을 갖고 있고, '크다' 는 부피가 아주 큰 것이고, '작다' 는 부피가 작은 것을 뜻해요.

문제 마당

도전! 나도 백점

초대하는 글은 어떨 때 쓸까요?

1~4. 다음 만화를 읽고 물음에 답해 보세요.

1. 초대하는 글은 언제 쓸까요? 다음 중 알맞지 않은 것을 고르세요.

① 학예회 ② 발표회 ③ 생일 ④ 운동회 ⑤ 몸이 아픈 날

2. 초대하는 글에 빠뜨리면 안 되는 것은 무엇일까요?

① 돈 ② 선물 ③ 때와 장소 ④ 준비물

3. 앞의 만화를 읽고, 만화에 맞는 초대하는 글을 써 보세요.

4. 초대하는 글에 꼭 들어가야 할 것들을 다음 중에서 모두 골라 보세요.

제목	쓴 사람	준비물		받을 사람
친구 이름	초대하는 말	때	곳	쓴 날짜
선생님 이름				

초대하는 글을 잘 써 볼까요?

5~8. 다음 글을 읽고 물음에 답해 보세요.

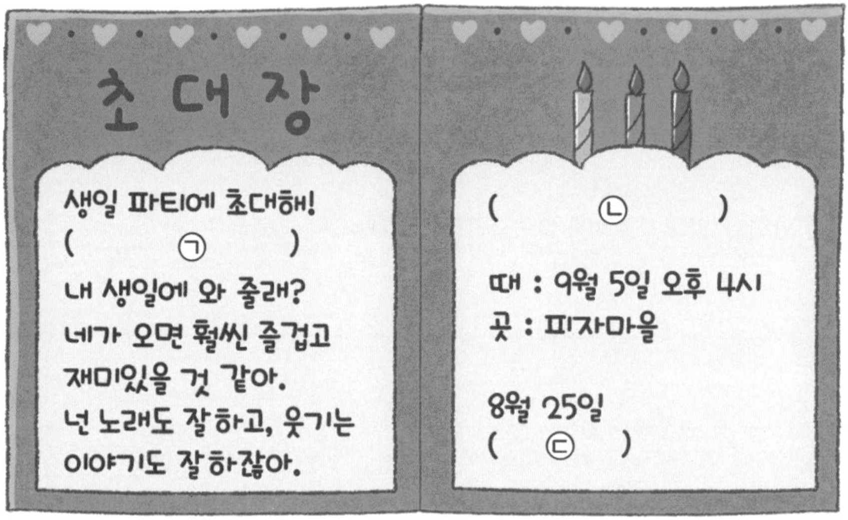
초대장
생일 파티에 초대해!
(㉠)
내 생일에 와 줄래?
네가 오면 훨씬 즐겁고
재미있을 것 같아.
넌 노래도 잘하고, 웃기는
이야기도 잘하잖아.
(㉡)
때 : 9월 5일 오후 4시
곳 : 피자마을
8월 25일
(㉢)

5. ㉠에 들어갈 알맞은 것은 무엇인가요?

① 받을 사람　② 보내는 사람　③ 때　④ 곳　⑤ 제목

6. ㉢에 들어갈 알맞은 것은 무엇인가요?

① 받을 사람　② 보내는 사람　③ 때　④ 곳　⑤ 제목

7. ㉡에 들어갈 알맞은 말은 무엇일까요?

① 넌 너무 많이 먹으니까 조금만 먹어.
② 생일 선물 잊지 마!
③ 당신이 오시면 정말 감사할 거예요.
④ 생일에 와서 우리 함께 신 나고 즐겁게 놀자.

8. 초대하는 글을 쓰면 어떤 점이 좋을까요? 다음 중 바른 말을 하는 친구를 골라 보세요.

받는 사람이 오래 기억할 수 있어요.
때와 곳을 바꿔도 돼요.
선물을 사 오라고 할 수 있어요.
바른 말을 안 써도 돼요.

① 효진 ② 상원 ③ 진희 ④ 우영

정답

1. ⑤ 2. ③ 3. 학예회에 초대합니다. 할아버지와 할머니, 우리 반에서 학예회를 합니다. 오셔서 우리의 공연을 봐 주세요. 때 : 8월 28일 수요일, 곳 : 우리 반 교실, 8월 20일 상원이 올림. 4. 제목, 쓴 사람, 받을 사람, 초대하는 말, 때, 곳, 쓴 날짜, 5. ① 6. ② 7. ④ 8. ①

부탁하는 글 쓰기와 실감 나게 표현하는 법

공부할 내용

- 내 부탁을 잘 들어줄 글 쓰기
- 쉽게 설명하는 방법을 알기
- 내 생각을 실감 나게 표현하기

거절할 수 없는 부탁

난 이번 주에 엄마 아빠랑
놀이공원 가기로 했어!
우왕!
부럽다!
나도 놀이공원 가고 싶다.
그런데 아빠가 같이
가 줄까?
옳지!
부탁하는 글을 쓰자.
아빠가 거절할 수
없도록.
부탁하는 글은 내 생각만 강요하지
말아야 하고, 부탁 받는 사람이
들어줄 수 있는 부탁인지 생각해야 해.
또 예의 바른 말을 사용해야 해.

한줄읽기

부탁하는 글은 내 생각만 강요하지 말고, 부탁 받는 사람이 들어줄 수 있는 것인지 생각해야 한다.

스토리 텔링

내 말을 믿어 줘!

"얘들아, 내 이야기 좀 들어 봐!"

상원이는 학교에 가자마자 친구들에게 마법 세계에 대해 이야기했어요.

하지만 친구들은 시큰둥했지요.

"거짓말하지 마."

"정말이야!"

"벽에 문이 생겨났다고? 다시 한 번 만들어 봐. 그럼 믿어 줄게."

"흥, 기다려 봐."

실감 나게 표현하기!

경험한 일을 실감 나게 표현하고 싶다면 먼저 어떤 내용을 말할 것인지 정해야겠지요. 그리고 상황을 실감 나게 느낄 수 있도록 목소리나 표정, 몸짓을 다양하게 표현하는 것이 좋습니다.

〈실감 나게 표현할 때 주의할 점〉

① 말의 높낮이를 생각하며 표현한다.

② 말의 빠르기를 생각해야 한다.

③ 말을 할 때 목소리의 크기, 표정, 몸짓 등을 생각하며 해야 한다.

아뿔싸, 다다가 준 반지를 마법 세계에 두고 왔지 뭐예요.
상원이는 울상이 되었어요.

상원이는 어깨를 축 늘어뜨리고 터덜터덜 집으로 돌아왔어요.

"학교 다녀왔습니다."

인사를 하는 둥 마는 둥 제 방으로 쏙 들어갔지요.

마브르가 꼬리를 흔들며 상원이의 뒤를 졸졸.

상원이는 마브르를 끌어안으며 중얼거렸어요.

"마브르, 아무도 내 말을 믿어 주지 않아. 난 거짓말쟁이가 아닌데……."

마브르 집

"그래, 다다에게 부탁하자! 그러면 친구들도 내 말을 믿겠지?"

상원이는 얼른 종이와 연필을 꺼내 다다에게 편지를 썼어요.

안녕, 다다.

내가 마법 세계에 가서 논 이야기를 들은 친구들이 나를 거짓말쟁이라고 생각해.

다다, 부탁이야.

다시 한 번 내가 마법 세계에 갈 수 있게 도와줘.

부탁하는 글을 잘 쓰려면 어떻게 해야 할까요?

우리는 종종 부탁하는 글을 써야 할 때가 있어요. 부탁하는 글은 보통 글을 쓸 때와는 달리 주의해야 할 점들이 있답니다. 우선 다른 사람에게 부탁을 할 때는 무엇을 부탁하는 것인지 잘 알아들을 수 있도록 간결하게 써야 하고, 읽는 사람이 불쾌하지 않도록 상대방의 마음을 생각하며 예의 바르게 써야겠지요.

〈부탁하는 글의 짜임〉

처음 - 부탁할 사람을 부르고, 인사말을 씁니다.

가운데 - 부탁할 내용을 씁니다.
- 부탁을 할 수밖에 없는 까닭이 잘 드러나도록 씁니다.

끝 - 부탁을 들어주고 싶은 마음이 들게 하는 말을 씁니다.

이 밖에도 부탁하는 글을 쓸 때 주의해야 할 점들이 많겠지만, 무엇보다 중요한 것은 내 생각만을 무조건 강요하지 않고, 부탁 받는 사람이 들어줄 수 있는 것인지 상황과 사정을 배려해야 하는 것입니다.

이튿날, 다다에게서 답장이 왔어요.

편지 봉투 안에는 편지지와 반지가 들어 있었고요.

"반지다! 이제 애들이 나를 거짓말쟁이라고 하지 못할 거야!"

상원이는 반지를 움켜쥐고 얼른 뛰쳐나갔어요.

자랑하고 싶은 마음이 앞서서 다다가 반지에 대해 설명한 편지를 끝까지 읽지 않았지요.

상원아,

우리 마법 세계 사람들은 태어날 때부터 반지를 하나씩 갖게 돼. 자기를 지켜 줄 반지의 요정을 하나씩 갖게 되는 거지.

반지의 요정은 주인의 성격을 꼭 닮는단다. 내 반지의 요정은 날 닮아서 몹시 개구쟁이야. 언제, 무슨 장난을 칠지 모른다고.

그러니까 반지의 요정한테 마법 세계의 문을 열어 달라고 명령할 때는 "명령을 들어주지 않으면 혼내 줄 거야."라고 무섭게 말하는 게 좋아.

설명하는 글을 잘 쓰려면 어떻게 해야 할까요?

설명하는 글은 새로운 사실을 알려 주기 위한 글이지요. 글을 읽는 사람은 설명하는 글을 통해 궁금했던 사실을 알게 될 뿐만 아니라, 자기가 알고 있는 사실이 맞는지 확인해 볼 수도 있어요. **남에게 어떤 사실을 알려 주는 글을 쓸 때는 자기의 주장이나 생각이 들어가서는 안 돼요.**

또 설명하고자 하는 내용은 사실적이며, 정확한 내용이어야 해요. 막연히 '그럴 것 같아.' 혹은 '그럴지도 몰라.' 하는 생각으로 설명하는 글을 쓴다면 글을 읽는 사람이 알게 된 새로운 사실에 대해 확신을 갖지 못할 테니까요.

① 전달하고자 하는 사실은 무엇인가?
② 알기 쉽게 설명하고 있는가?
③ 꼭 알아야 하는 내용만 간단하고 정확하게 썼는가?
④ 설명을 할 때 개인적인 감정이나 주장이 들어가지는 않았는가?

글을 쓰고 난 후 이런 점들을 생각하며 읽어 보세요.

“잘 봐, 이게 마법 반지야!”

상원이는 해솔이랑 호영이 앞에 반지를 내밀었어요.

그리고 망설이지 않고 주문을 외웠어요.

“라블라블뽀아띠! 반지야, 날 다다에게 데려가 줘…….”

그러자 반지에서 빛이 번쩍 하더니, 커다란 문이 생겼지요.

“어? 어?”

해솔이와 호영이는 깜짝 놀라 어리벙벙.

상원이는 문을 힘껏 열고, 해솔이와 호영이를 끌어당겼어요.
"얘들아, 빨리!"
마브르가 그 뒤를 따라 폴짝 뛰어들었지요.
어, 그런데 이게 웬일이지요?
문 안으로 들어가자, 벽이 출렁출렁 움직이기 시작했어요.
다른 쪽 문을 열려고 했지만, 벽이 자꾸 출렁거려서 문을 열 수가 없었지요.

"으악, 어떻게 좀 해 봐."
"멀미가 날 것 같아."
해솔이와 호영이가 바닥에 납작하게 엎드려 소리쳤어요.
상원이도 당황하기는 마찬가지였지요.
"어, 지난번에는 안 이랬는데……."
그때 팔랑팔랑 떨어지는 종이가 보였지요.
상원이는 잽싸게 그 종이를 낚아챘어요.

다음 그림 두 장을 합쳐서 새로운 낱말을 만들어 보시오.

그러자 갑자기 공중에서 그림들이 우수수 떨어졌어요.
상원이는 냅다 양과 파 그림을 들고 소리쳤어요.
"양이랑 파를 합치면 양파!"
그러자 출렁거림이 좀 덜해졌어요.
울렁울렁 어지럼증이 진정되는 듯했지요.
"이랑 불을 합치면 이불!"
"귀랑 신발을 합치면 귀신!"
나머지 그림도 합쳐서 다 낱말로 만들자, 출렁거림이 싹 멈추었어요.
상원이와 해솔이, 호영이는 겨우 문을 열고 밖으로 나갔지요.

새로운 낱말을 만들어 보아요!

낱말과 낱말을 합쳐서 새로운 낱말을 만들 수도 있어요. 예를 들면 '귀'와 '신'을 합치면 '귀신'이라는 전혀 새로운 뜻을 가진 낱말이 만들어지지요.

'가, 나, 다, 라, 마, 바, 사, 아, 자, 차, 카, 타, 파, 하'

24개의 낱말을 요리조리 합쳐서 새로운 낱말을 만들어 보세요. 개수에 따라, 순서에 따라 우리가 사용하고 있는 수많은 낱말을 만들 수 있을 거예요.

문밖에는 다다가 서 있었어요.

다다는 손을 맞잡으며 기쁜 목소리로 외쳤지요.

"다행이야, 내 반지의 요정이 너희에게 장난을 치는 바람에 곤란해지지 않을까 무척 걱정했어. 상원이, 너 내 편지 끝까지 안 읽었니?"

상원이는 가슴이 뜨끔했어요.

"아, 그, 그게……. 미안해."

"괜찮아. 별일 없었으니 다행이야."

다다는 생긋 웃으며 해솔이와 호영이에게도 인사했어요.

"안녕, 얘들아! 난 상원이 친구 다다야."

해솔이와 호영이는 그때까지도 어리벙벙한 표정이었지요.

상원이는 해솔이와 호영이를 보며 씩 웃었어요.

"거 봐, 내 말이 거짓말이 아니었지?"

알맹이 마당

어떻게 하면 내 부탁을 잘 들어줄까?

내 부탁을 잘 들어줄 글을 써 봐요.

부탁하는 글에는 내 생각만
무조건 강요하지 않아야 해.

부탁하는 글을 쓸 때에는 주의해야 할 점들이 있어요.

다른 사람에게 부탁을 할 때 무엇을 부탁하는 것인지 잘 알아들을 수 있도록 간결하게 써야 해요. 또 읽는 사람이 불쾌하지 않도록 상대방의 마음을 생각하며 예의 바르게 써야 해요.

부탁하는 글의 처음에는 부탁할 사람을 부르고, 인사말을 써요.

부탁하는 글의 가운데에는 부탁할 내용을 써요.

부탁하는 글의 마지막에는 부탁을 들어주고 싶은 마음이 들게 하는 말을 써요.

알기 쉽게 설명하는 방법을 알려줄게요.

설명하는 글을 읽고 나서 내가
알고 있는 사실을 다른 사람에
게 설명하는 연습을 해 봐.

어떤 것을 자세하고, 알기 쉽게 설명을 하고 싶을 때 쓰는 글이 설명하는 글이에요. 설명하는 글을 읽으면 새로운 사실이나 잘 모르던 내용, 궁금했던 사실을 알 수 있게 돼요.

알기 쉽게 설명을 해야 할 때에는 위치를 설명해 줄 때나 어려운 낱말을 설명해 줄 때예요. 또 순서나 방법을 설명해 줄 때에도 꼭 필요해요.

설명을 할 때에는 듣는 사람의 얼굴 표정을 잘 살펴봐요.

그러면 듣는 사람이 설명을 잘 이해하고 있는지 알 수 있어요. 이해하지 못한 부분은 다시 설명을 해야 해요.

내 생각을 실감 나게 표현하려면?

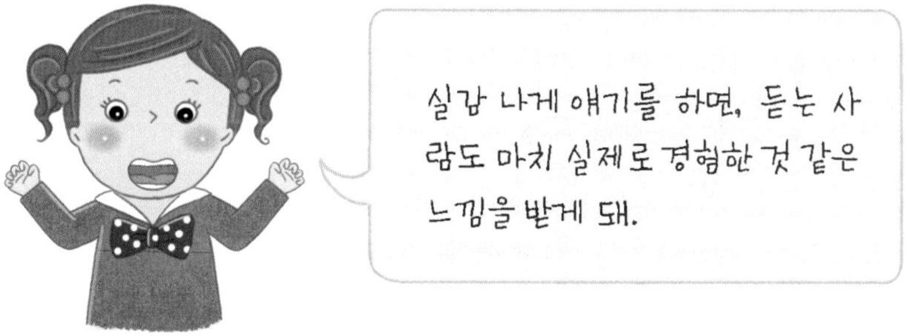

실감 나게 얘기를 하면, 듣는 사람도 마치 실제로 경험한 것 같은 느낌을 받게 돼.

경험한 일을 실감 나게 표현하고 싶나요? 그렇다면 제일 먼저 정해야 할 게 있어요.

어떤 내용을 말할 것인지 정해요. 그리고 그 상황을 실감 나게 느낄 수 있도록 목소리나 표정, 몸짓을 다양하게 표현해 봐요.

실감 나게 표현할 때 주의할 점이 있어요.

첫째, 말의 높낮이를 생각하며 표현해요.

둘째, 말을 너무 빠르게도, 느리게도 하면 안 돼요.

셋째, 말을 할 때 목소리의 크기, 표정, 몸짓 등을 생각하면서 해요.

문제 마당

도전! 나도 백점

부탁하는 글은 어떻게 쓸까요?

1~4. 다음 글을 읽고 물음에 답해 보세요.

상원에게.

공부 시간에 제발 코딱지를 파지 말아 줘.

네가 손가락을 빙글빙글 돌리면서 코딱지를 팔 때마다 콧구멍에 구멍이 날 것 같아 내가 다 걱정돼.

그리고 파낸 코딱지를 제발 책상 밑에 붙이지 말아 줘.

지금 네 책상 밑에는 코딱지가 엄청나게 많이 붙어 있어.

너무 더러워서 책상을 만질 수가 없어.

코딱지는 혼자 있을 때 파고, 파낸 코딱지는 휴지로 닦아 줘.

네 친구 보람이가

1. 이 글은 누가 누구에게 부탁하는 글인가요?

누가 ____________________

누구에게 ____________________

2. 부탁하는 글을 쓸 때에는 어떤 점을 주의해야 할까요?

① 무엇을 부탁하는 것인지 잘 알아들을 수 있도록 간결하게 써야 한다.
② 복잡하게 써야 한다.
③ 부탁을 들어주고 싶은 마음이 들게 안 써도 된다.
④ 인사말은 안 써도 된다.

3. 이 글은 어떤 내용을 부탁하는 글일까요?

① 코딱지는 화장실에서 파는 거야.
② 코딱지를 파면 코피가 날 거야.
③ 공부 시간에 휴지를 갖고 다녀.
④ 코딱지를 책상 밑에 붙이지 말아 줘.

4. 이 글을 읽고 부탁하는 글은 어떻게 써야 한다고 생각하나요? 맞는 것을 골라 보세요.

① 무엇을 부탁하는지 정확하게 안 써도 된다.
② 예의 바르게 쓰지 않아도 된다.
③ 부탁을 들어주고 싶은 마음이 들도록 써야 한다.
④ 읽는 사람이 기분이 나빠져도 된다.

알기 쉽게 설명하는 방법을 알아볼까요?

5~7. 다음 만화를 보고 물음에 답해 보세요.

5. 알기 쉽게 설명해야 할 때가 아닌 것을 고르세요.

① 급해! 화장실이 어디지?

② 로봇을 어떻게 만드는 것이지?

③ 거울아, 거울아, 세상에서 가장 예쁜 사람이 누구지?

④ 소담이 무슨 뜻이지?

6. 기술자들은 왜 소담 V를 만들지 못한 것일까요? 그 이유를 써 보세요.

---

7. 박사가 소담 V를 완성하기 위해 알기 쉽게 설명하려면 어떻게 해야 할까요? 그 방법을 모두 골라 보세요.

① 어려운 부분은 더 찾아보고 조사해서 설명해요.

② 순서를 정해서 말해요.

③ 듣는 사람들의 얼굴 표정을 살피지 않아요.

④ 어려운 말보다는 쉬운 말로 설명해요.

✺ 알기 쉽게 설명하는 방법을 알아볼까요?

8~10. 다음 만화를 보고 물음에 답해 보세요.

8. 실감 나게 표현하려면 ㉠을 어떻게 말해야 할까요?

① 먹음직스러운 먹이를 보는 것처럼
② 깜짝 놀란 목소리로
③ 겁을 먹은 듯 떨리는 목소리로
④ 딱딱한 목소리로

9. 실감 나게 표현하려면 ㉡은 어떤 몸짓으로 해야 할까요?

① 겁을 먹은 몸짓
② 느릿느릿 움직이는 몸짓
③ 기분 좋은 몸짓
④ 건들거리는 몸짓

10. ㉢에 들어갈 알맞은 말을 써 보세요.

정답

1. 누가 : 보람이, 누구에게 : 상원이 2. ① 3. ④ 4. ③ 5. ③ 6. 박사가 읽기 쉽게 설명하지 않아서. 7. ①, ②, ④ 8. ① 9. ①
10. 예) 난 맛이 없어. 살도 없고.

5장

중요한 내용 간추리기와 여러 가지 말놀이

공부할 내용

- 글을 읽고 중요한 내용을 간추리기
- 친구에게 충고할 때 주의할 점 배우기
- 말소리는 같은데, 뜻이 다른 말 배우기

이야기 마당

충고하는 날

오늘은 친구를 위해 좋은 충고를 하는 날로 하기로 하자.
두고 보자!
아쿠!
아프냐? 아파?
복도에서 뛰니까 넘어지지!
잘도 뛴다, 여기가 운동장인 줄 아냐?
지금 충고를 하는 거야, 약을 올리는 거야?

한줄 십기

충고할 때는 듣는 사람을 진심으로 걱정하는 마음이 잘 드러나게 말해야 해요.

스토리 텔링

마법 세계 구출 작전

"우아……!"

해솔이와 호영이는 입을 다물지 못했어요.

태어나서 처음 보는 마법 세계가 잠시도 눈을 뗄 수 없을 만큼 신기하고 재미있었거든요.

"어때? 내 말이 맞지?"

상원이는 어깨를 으쓱하며 친구들에게 말했지요.

"응! 진짜 진짜 좋다! 우리도 맨날 놀러 오고 싶어!"

그때 다다가 활기찬 목소리로 말했어요.

"얘들아, 우리 굴 구경 갈래? 정말 큰 굴이 있어."

"갈래, 갈래!"

아이들은 다다와 함께 신 나게 달려갔어요.

"에게? 이게 뭐야. 이건 정말 굴이잖아."
커다란 동굴 앞에 선 호영이가 소리쳤어요.
"그래, 굴. 정말 멋지지?"
"에이, 난 먹는 굴을 말하는 줄 알았지……."
호영이가 아쉬운 듯 입맛을 다셨지요.
"조심해, 말이 나타날지도 모르니까."
어두운 동굴 안으로 들어가면서 다다가 말했어요.
"말이 어떻게 나타나?"

해솔이가 고개를 갸우뚱거리자 다다도 고개를 갸웃갸웃했지요.

"어떻게 나타나긴! '히히힝!' 달려오지."

그 말을 들은 상원이가 깔깔 웃었어요.

"다다, 너 발음의 길이를 구분할 줄 모르는구나?"

"발음의 길이?"

"그래, 먹는 굴이나 동굴, 동물 말이나 사람 말처럼 길고 짧게 발음하는 것에 따라 뜻이 달라지는 낱말들이 있어."

"어머, 진짜? 난 그것도 모르고……."

다다는 처음 알게 된 사실에 부끄러운 듯 얼굴이 빨개졌어요.

말소리의 길이에 따라 뜻이 달라져요!

우리가 하는 말 중에는 말의 소리는 똑같은데 뜻이 다른 말이 있어요. 이런 것을 **'동음이의어'** 라고 한답니다. 똑같은 소리를 가졌지만, 서로 다른 뜻을 가진 낱말은 말소리의 길이로 구분을 해요.

굴을 **길게** 하면 **동굴** / **굴**을 **짧게** 하면 **먹는 굴**

말을 **길게** 하면 **입으로 하는 말** / **말**을 **짧게** 하면 **타는 말**

눈을 **길게** 하면 **사박사박 내리는 눈** / **눈**을 **짧게** 하면 **보는 눈**

밤을 **길게** 하면 **밤나무 열매** / **밤**을 **짧게** 하면 **해가 져서 어두운 때**

그때였어요.

“어? 이 돌멩이 좀 봐. 빛이 나고 있어.”

호영이가 갑자기 돌멩이 하나를 집어 들었어요.

“이호영, 아무거나 손 대지 마.”

상원이가 툭 쏘아붙였어요.

“뭐 어때, 그냥 돌멩이잖아. 그리고 나한테 명령하듯 말하지 마. 기분 나빠.”

호영이는 돌멩이를 공처럼 던졌다 받았다 하며 말했지요.

"이게 어떻게 명령이냐? 충고지."

아뿔싸, 그런데 이 일을 어쩌면 좋지요?

호영이가 그만 돌멩이를 떨어뜨려 버렸지 뭐예요.

쨍그랑!

바닥에 떨어진 돌멩이가 여덟 조각으로 쪼개지고 말았어요.

친구에게 충고할 때는 이런 점을 조심해요!

친구에게 충고를 해야 할 때가 있어요. 하지만 자칫 잘못하면 충고하는 말을 들은 친구가 내게 화를 내거나, 기분 나빠할 수도 있지요. 충고할 때는 조심스럽게, 다음의 주의점을 지켜 가며 해야 한답니다.

① 상대방의 기분과 처지를 생각하면서 말해야 합니다.
② 상대방을 진심으로 걱정하는 마음이 드러나게 말해야 합니다.
③ 충고하고 싶은 말을 생각해서 신중하게 말해야 합니다.

남이 내게 충고를 할 때는 충고하는 사람의 마음을 헤아리고, 도움이 되는 말을 듣고 고마운 마음을 가져야 해요. 또 기분이 나쁘더라도 나를 생각해 준 친구의 성의를 생각해서 앞으로 잘 따르겠다는 인사를 해 주어야 한답니다.

순간 믿을 수 없는 일이 벌어졌어요!

"어, 내 몸이!"

"으악, 어떡해! 몸이 돌로 변하고 있어!"

상원이와 마브르를 뺀 다른 친구들의 몸이 딱딱하게 굳어 갔어요.

"얘, 얘들아! 괜찮아?"

놀란 상원이가 어쩔 줄 몰라 했어요.
그때 마브르가 나무 조각 하나를 물고 왔지요.
돌멩이 옆에 꽂혀 있던 것이었어요.

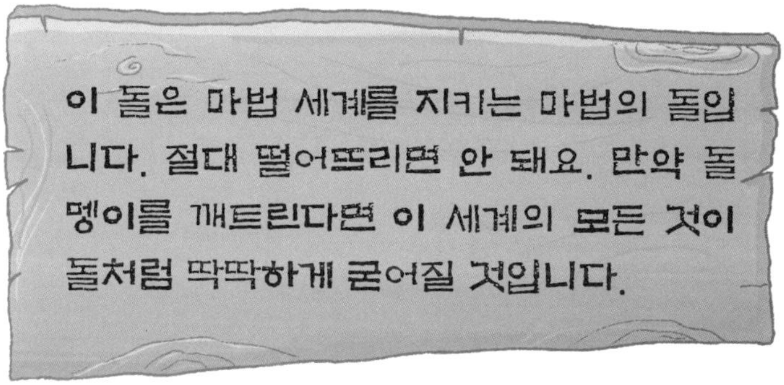
이 돌은 마법 세계를 지키는 마법의 돌입
니다. 절대 떨어뜨리면 안 돼요. 만약 돌
멩이를 깨트린다면 이 세계의 모든 것이
돌처럼 딱딱하게 굳어질 것입니다.

글을 읽고 중요한 내용을 간추려 보아요!

글을 읽고 내용을 정리해 두면 나중에 그 글을 처음부터 다시 읽어보지 않아도 읽은 내용을 떠올리기 쉽습니다. 특히 설명하는 글을 읽을 때는 읽은 내용을 정리해 두면 내용을 이해하는 데도 도움이 된답니다.

글 읽기 → 중요하다고 생각되는 낱말과 문장에 밑줄 긋기 → 글의 요점 정리하기 → 알맞은 제목 붙이기

글을 읽을 때 먼저 무엇에 대해 설명하는 글인지 생각하면서 읽어 보세요. 그리고 중요한 내용에 밑줄을 그어 가며 읽는 것이 좋겠지요. 그리고 무엇보다 글을 읽고, 내용을 정리할 때는 중요한 낱말과 문장을 찾아 가면서 읽는 연습을 하세요.

7

“윽……. 상원아, 그 돌멩이를 원래대로 되돌려 놔야 해. 안 그러면 우린 이대로 굳어 버릴 거야.”

다다가 고통스러운 듯 온몸을 비틀며 소리쳤어요.

“다다, 내가 뭘 어떻게 해야 해? 난…….”

상원이가 울먹거렸지요.

“돌멩이 조각들을 들고 저기 저 멀리 보이는 성으로 가! 거기 가면 무엇이든 처음처럼 만들어 주는 마법 상자가 있어. 윽, 그 상자에 돌멩이 조각들을 넣으면…….”

다다의 몸이 마침내 전부 돌덩어리로 변하고 말았어요.

상원이는 바닥에 털썩 주저앉았지요. 겁에 질려 떨기만 했어요.

"멍멍, 정신 바짝 차려! 지금 친구들을 구할 수 있는 사람은 오직 너뿐이야!"

마브르의 말에 상원이는 정신이 번쩍 들었어요.

"그래, 맞아. 호랑이 굴에 물려 가도 정신만 차리면 산다고 했어. 내가 정신 똑바로 차려야 친구들을 구할 수 있어."

상원이는 저 멀리 마법의 성을 바라보며 주먹을 불끈 쥐었어요.

"어떻게든 마법 상자를 구해 오겠어! 기다려, 얘들아!"

알맹이 마당

중요한 내용을 간추려 보자!

글을 읽고 중요한 내용을 간추려 보아요.

중요한 내용을 잘 간추려 두면 다른 사람에게 설명할 때도 쉽게 할 수 있어.

글을 읽고 중요한 내용을 간추려 둬요. 그러면 나중에 그 글을 처음부터 다시 읽어 보지 않아도 돼요. 중요한 내용을 읽으면 기억이 다 나거든요.

중요한 내용을 간추리는 방법을 알려줄 테니까, 이대로 해 봐요.

무엇에 대해 설명하는 글인지 생각하면서 읽어요. → 중요하다고 생각하는 낱말과 문장에 밑줄을 그어 가며 읽어요. → 밑줄을 그은 낱말과 문장을 찾아 가면서 글의 중요한 내용을 정리해요. → 알맞은 제목을 붙여요.

친구에게 충고할 때 이런 점을 주의해요.

남이 내게 충고를 할 때, 기분 나쁘더라도 고마운 마음을 가져야 해. 나를 위해서 해 준 충고니까.

친구에게 충고를 해야 할 때가 있을 거예요. 하지만 자칫 잘못 충고하면 친구가 화를 낼 수도 있고, 친구의 기분을 상하게 할 수도 있어요.

그러니까 충고하는 말을 할 때에는 이런 점을 조심해서 하도록 해요.

첫째, 상대방의 기분과 처지를 생각하면서 말하도록 해요.

둘째, 상대방을 진심으로 걱정하는 마음이 잘 드러나게 말하도록 해요.

셋째, 충고하고 싶은 말을 생각해서 신중하게 말하도록 해요.

말소리는 같은데, 뜻이 다른 말이 있어요.

우리가 하는 말 중에는 말의 소리는 똑같은데 뜻이 다른 말이 있어요. 이런 말을 '동음이의어' 라고 해요. 동음이의어는 말소리의 길이로 구분할 수 있어요.

길게

짧게

내리는 눈

보는 눈

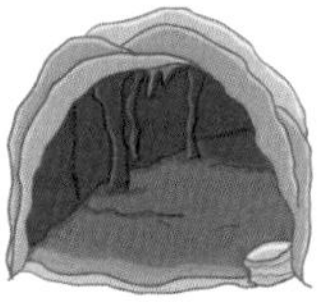

동굴

먹는 굴

입으로 하는 말

타는 말

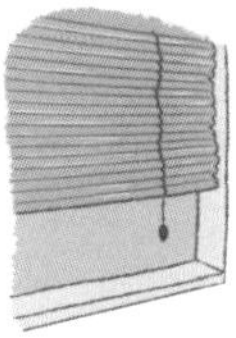

문에 치는 발

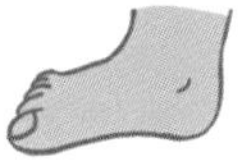

사람의 발

문제
마당

도전! 나도 백점

무엇이 중요할까요?

1. 다음 그림을 보고 ________ 에 들어갈 까닭을 써 보세요.

2. 중요한 내용을 간추리면 좋은 점을 말하고 있어요. 알맞지 않은 사람은 누구일까요?

다른 사람에게 설명할 때 쉽게 할 수 있어요.

① 진희

중요한 내용을 읽으면 기억이 다 나요.

② 상원

나중에 살펴볼 수 있어요.

③ 민주

친구를 잊지 않고 초대할 수 있어요.

④ 혜리

3. 중요한 내용을 간추려 두면 좋은 때는 언제일까요? 모두 골라 보세요.

① 책을 읽고 나서

② 교실에서 공부할 때

③ 박물관에서 견학할 때

④ 친구와 이야기를 할 때

4~7. 다음 그림을 보고, 물음에 답하세요.

진희: 상원아, 숟가락 젓가락은 가져왔어야지! 너 때문에 우리 굶어 죽겠어!

혜리: 너 때문에 우리가 다 못 먹고 있어. 또 잊어버리면 가만 안 둘 줄 알아!

민주: 상원아, 까먹지 않고 가져오려면 알림장에 쓰면 돼. 알았지?

상원: ㉠ ______________________________

4. 지금 친구들은 상원이에게 충고를 하고 있어요. 어떤 충고를 하는 것일까요?

① 친구한테 친절하라는 충고

② 공부를 열심히 하라는 충고

③ 굶어 죽지 말라는 충고

④ 숟가락 젓가락을 잊지 말고 가져오라는 충고

5. 상원이에게 가장 충고를 잘한 친구는 누구일까요?

____

6. 상원이는 친구들에게 어떻게 대답하면 좋을까요? ㉠에 들어갈 알맞은 말을 찾아 보세요.

① 손으로 먹어!

② 잘났다, 잘났어!

③ 미안해. 앞으로 잊어버리지 않을게. 충고해 줘서 고마워.

④ 으하하하! 메롱!

7. 다른 사람에게 충고를 할 때 조심해야 할 점을 모두 골라 보세요.

① 상대방의 기분과 처지를 생각하면서 말하도록 해요.

② 상대방을 진심으로 걱정하는 마음이 잘 드러나게 말하도록 해요.

③ 친구가 기분이 상할 정도로 강하게 말해야 해요.

④ 충고하고 싶은 말을 생각해서 신중하게 말하도록 해요.

정답

1. 책을 읽은 뒤에 중요한 내용을 간추려 두었기 2. ④ 3. ①, ②, ③ 4. ④ 5. 민주 6. ③ 7. ①, ②, ④

6장

수수께끼 만들기와 재미있는 끝말잇기

공부할 내용

- 수수께끼 만드는 법을 알기
- 재미있는 끝말잇기 잘하기
- 여러 가지 말놀이를 알기

이상한 말 잇기 놀이

할머니, 우리 말 잇기 놀이 해요. 내가 먼저 할게요.
오냐, 오냐.
계란.
란닝구.
란닝구? 런닝셔츠요? 할머니, 외래어 쓰면 안 돼요.
알았다, 다시 하그라.
타조.
조~오 쪼가리.

한줄 실기

끝말잇기를 하다 보면 많은 단어가 나오니까 낱말 실력이 좋아진다.

스토리 텔링

마법의 성을 찾아

상원이와 마브르는 함께 마법의 성을 향해 달렸어요.
얼마나 갔을까. 크고 으리으리한 성이 눈앞에 떡하니 나타났지요.
"이 성에 마법 상자가 있단 말이지……."
상원이는 용기를 내어 계단을 밟았어요.
어? 그 순간 상원이는 뒤로 엉덩방아를 쿵!
누군가 상원이를 세게 밀쳐내는 것만 같았어요.
"다시!"
상원이가 다시 계단을 오르려고 했지만 역시 이번에도 엉덩방아를 쿵!
"어쩌면 좋지? 앞으로 나갈 수가 없어!"

그때 하늘에서 무언가 아래로 떨어졌어요.

휘리릭, 툭!

종이비행기였어요. 상원이는 조심스레 종이비행기를 집어 들었지요.

"비행기?"

상원이가 종이비행기에 적힌 '비행기' 라는 낱말을 보는 사이, 어디선가 '삐!' 소리가 들리더니 갑자기 몸이 뒤로 휙 밀려나는 게 아니겠어요?

상원이가 몸을 앞으로 움직여 보려고 했지만 꼼짝도 할 수가 없었어요.

"이게 어떻게 된 일이지?"

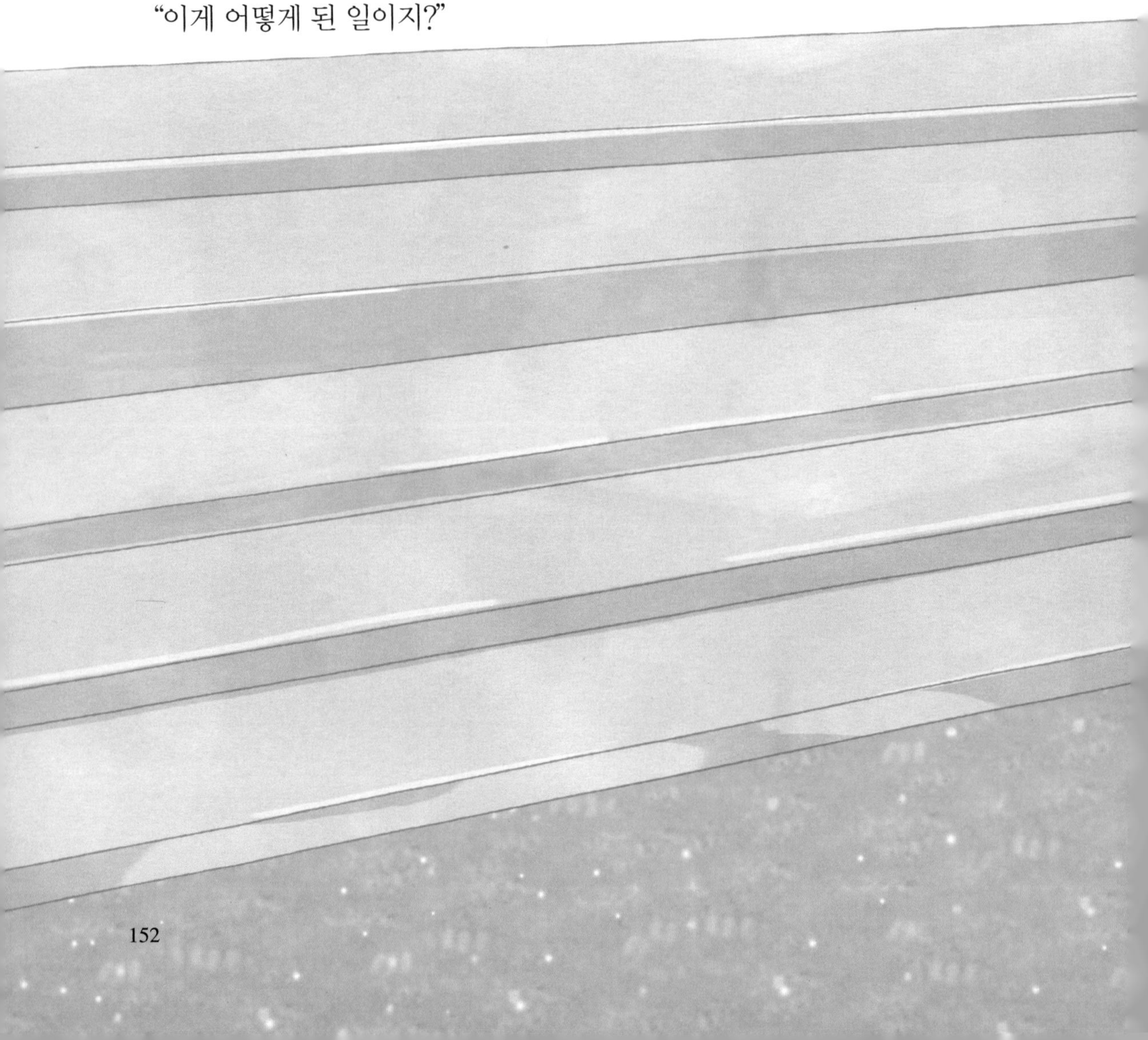

그때 하늘에서 또 다른 종이비행기가 떨어졌어요.

휘리릭!

"멍!"

마브르가 잽싸게 뛰어올라 종이비행기를 낚아챘지요.

이번에는 '기차' 라는 낱말이 쓰여 있었어요.

상원이가 머뭇거리는 사이, 또 '삐익!' 소리가 들리더니 몸이 뒤로 확 밀려났어요.

"혹시, 끝말잇기 놀이?"

상원이는 하늘에서 떨어지는 종이비행기 하나를 낚아챘어요.

비행기 위에는 '차비' 라는 낱말이 쓰여 있었지요.

상원이는 잽싸게 소리쳤어요.

"비옷!"

그러자 마법처럼 상원이와 마브르의 몸이 앞으로 쓱 움직였어요.

재미있는 끝말잇기!

끝말잇기는 말놀이 가운데 하나예요. 앞사람이 말한 낱말의 끝 글자로 시작하는 낱말을 계속 이어가며 이야기하는 것이지요. 끝말잇기의 규칙은 앞서 나온 낱말은 다시 말하지 않는다는 것과, 앞사람이 낱말을 말한 뒤 5초가 지나기 전에 말을 이어 해야 한다는 것입니다.

끝말잇기 놀이를 하는 순서에 대해 좀 더 자세히 알아볼까요?

① 먼저 시작하는 사람이 하나의 낱말을 이야기해요.

② 앞사람이 말한 낱말의 끝 글자로 시작하는 낱말을 이어서 이야기해요.

③ 같은 방법으로 계속 이어서 놀이를 하면 돼요.

끝말잇기 놀이 말고도 가운데말잇기, 첫말잇기 등 여러 가지 말놀이가 있답니다.

옷걸이

"이빨!"

빨대

"대나무!"

무지개

"개미!"

미술

"좋았어, 이번에는 쉽지 않을 거야!"
상원이는 자신 있는 목소리로 외쳤어요.
"술래!"

그러자 한참 동안 종이비행기가 내려오지 않았어요.

“히히, 다음 낱말을 못 찾겠지?”

상원이는 싱글싱글 웃으며 마브르와 재빨리 성 안으로 들어갔답니다.

성 안에는 크고 작은 상자가 수북수북 쌓여 있었어요.

상원이는 마법 상자를 찾아 두리번거렸지요. 하지만 어떤 상자가 마법 상자인지 알쏭달쏭. 상원이는 울상이 되었어요.

"어떡하지. 이대로 애들이 영영 돌이 되어 버리면……."

그 순간, 성 안에서 목소리가 울려왔어요.

"난 마법의 성을 지키는 유령이다. 너희, 마법 상자를 찾으러 온 거지?"

"네……. 그런데요."

"나하고 내기해서 이기면 상자가 있는 곳을 가르쳐 주지!"

"내기?"

"그래, 뭐가 좋을까? 말 덧붙이기 놀이가 좋겠군. 단, 내가 말한 뒤 5초가 지나기 전에 말을 이어 해야 해. 자, 시작한다!"

재미있는 말놀이를 배워 보아요!

말놀이는 듣고 말하는 과정에서 재미를 느낄 수 있는 놀이지요. 말놀이의 여러 가지 종류에 대해 알아볼까요?

① 말 잇기 놀이 - 말의 끝말이나 가운데 말, 처음 말에 이어서 새로운 단어를 말하는 놀이

② 말 덧붙이기 놀이 - 앞사람이 한 말에 다른 내용을 덧붙여 말하는 놀이

③ 말 전하기 놀이 - 앞사람이 전한 말 내용을 다른 사람에게 똑같이 전달하는 놀이

④ 수수께끼 - 어떤 사물에 대하여 바로 말하지 않고 빗대어 말하여 알아맞히는 놀이

⑤ 스무고개 - 스무 번까지 질문을 하면서 문제의 답을 알아맞히는 놀이

"마법 세계로 할까? 마법 세계로 가면 무서운 마법사가 있고."

상원이는 귀를 쫑긋 세우고 있다가 냉큼 말을 이었어요.

"마법 세계에 가면 무서운 마법사가 있고, 귀여운 다다도 있고."

"후후, 마법 세계에 가면 무서운 마법사가 있고, 귀여운 다다도 있고, 저주가 깃든 마법 성도 있고."

"마법 세계에 가면 무서운 마법사가 있고, 귀여운 다다도 있고, 저주가 깃든 마법 성도 있고……. 돌로 변한 내 친구들도 있고."

마법 성의 유령과 상원이는 몇 번이나 말을 주고받았지요.

다시 상원이 차례가 되었어요.

말 덧붙이기 놀이에 대해 더 자세히 알아볼까요?

말 덧붙이기 놀이는 앞사람이 한 말을 반복하고, 거기에 한 구절씩 새로운 말을 덧붙이는 놀이예요. 말 덧붙이기 놀이를 할 때는 앞사람의 말을 잘 듣고 그 말과 관련된 내용을 덧붙여야 하지요.

예) **나**: 우리 집에 가면 책장도 있고,
민지: 우리 집에 가면 책장도 있고, 침대도 있고,
상철: 우리 집에 가면 책장도 있고, 침대도 있고, 장난감도 있고…….

말 덧붙이기 놀이를 할 때는 앞사람이 한 말을 집중해서 듣고, 다음 사람에게 정확한 발음으로 전달하는 것이 중요해요.

"마법 세계에 가면 무서운 마법사가 있고, 귀여운 다다도 있고, 저주가 깃든 마법 성도 있고, 음……. 돌로 변한 내 친구들도 있고, 마법의 성을 지키는 유령도 있고, 그리고 사람처럼 말하는 마브르도 있지."

상원이가 무사히 말 덧붙이기를 해내자 유령은 잠시 망설였지요.

"마법 세계에 가면 무서운 마법사가 있고, 음……. 귀여운 다다도 있고, 저주가 깃든 마법 성도 있고, 돌로 변한 내 친구들도 있고, 음……. 뭐더라?"

상원이는 씩 웃었어요.

"내가 이겼지요?"

"에잇! 좋아. 저쪽 벽장문을 열어 보라고!"

삐걱!

벽장문을 열자 보라색 상자가 놓여 있었어요.
“이거다!”
상원이는 기뻐하며 얼른 상자 뚜껑을 열려고 했지요.

그러나 이게 어떻게 된 일일까요?

상원이가 아무리 끙끙대도 뚜껑이 열리지 않았어요.

유령이 기분 나쁜 웃음소리를 내며 말했어요.

“그렇게 쉽게 상자를 내주면 재미없지. 이번에는 나하고 수수께끼 놀이를 해 보자. 내가 먼저 세 문제를 내지. 정답을 맞힐 수 있는 시간은 딱 5초뿐이다.”

"말은 말인데 타지 못하는 말은?"

1초, 2초, 3초, 4초…….

상원이는 망설이다가 소리쳤어.

"양말!"

"후후, 이번에도 맞힐 수 있을까? 산은 산인데 오르지 못하는 산은?"

"우산!"

"그렇다면, 빨간 주머니 속에 노란색 옷을 입은 형제들이 정답게 모여 사는 것은?"

1초, 2초, 3초, 4초…….

상원이는 마지막 힘을 짜 내 소리쳤어요.

"고……추!"

"이, 이럴 수가……. 다 맞히다니."

유령은 어리벙벙해서 어쩔 줄 몰라 했지요.

상원이는 그 틈을 놓치지 않고 외쳤어요.

"자, 이번엔 내 차례야. 먹으면 먹을수록 많아지는 건 뭐야?"

당황한 유령이 머뭇머뭇하는 사이에 1초, 2초, 3초, 4초, 5초……!

"하하, 정답은 나이야. 이제 그만 상자를 열어 줘!"

상원이의 말이 끝나기 무섭게 상자가 달칵 열렸어요.

"이겼다! 내가 이겼다고! 이제 애들을 구할 수 있어!"

수수께끼를 만들어 보아요!

수수께끼는 재치와 유머가 있는 재미있는 놀이예요. 그렇다면 수수께끼 문제는 어떻게 만들까요?

① 사물의 이름 이용하기
  예) 산은 산인데 올라가지 못하는 산은? 우산
② 사물의 특징 이용하기
  예) 닦으면 닦을수록 더러워지는 것은? 숯
③ 사물의 서로 다른 점 생각하기
  예) 여름에는 일하고 겨울에는 쉬는 것은? 부채
④ 사물의 모양 빗대어 만들기
  예) 머리를 풀고 하늘로 올라가는 것은? 연기

즐거운 말놀이와 수수께끼 만들기

수수께끼 만드는 법을 알려줄게요.

수수께끼는 즐겁고 웃음이 터지는 재미있는 놀이예요. 그러면 수수께끼를 맞히지만 말고, 만들어 보는 게 어떨까요?

산은 산인데 올라가지 못하는 산은? 우산

– **사물의 이름**을 이용해 수수께끼를 만든 거예요.

닦으면 닦을수록 더러워지는 것은? 숯

– **사물의 특징**을 이용해 수수께끼를 만든 거예요.

여름에는 일하고 겨울에는 쉬는 것은? 부채

– **사물의 다른 점**을 잘 관찰해서 수수께끼를 만든 거예요.

머리를 풀고 하늘로 올라가는 것은? 연기

– **사물의 모양**을 빗대어 수수께끼를 만든 거예요.

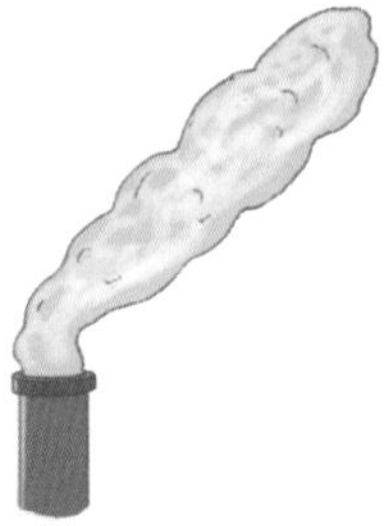

재미있는 끝말잇기

먼저, 시작하는 사람이 하나의 낱말을 이야기해요. 앞사람이 말한 낱말의 끝 글자로 시작하는 낱말을 이어서 말해요. 같은 방법으로 계속 이어가면서 놀이를 하면 돼요.

물론 앞서 나온 낱말은 다시 말하면 안 되고, 5초 안에 말해야 해요.

끝말잇기를 하다 보면 많은 단어가 나오니까 낱말 실력이 늘어요.

여러 가지 말놀이를 가르쳐 줄게요.

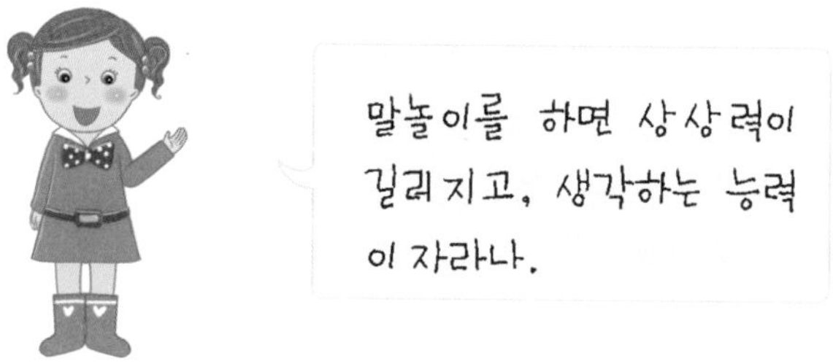

말놀이를 하면 상상력이 길러지고, 생각하는 능력이 자라나.

말잇기 놀이는 말의 끝말이나 가운데 말, 처음 말을 이어서 새로운 단어를 말하는 놀이예요.

말 덧붙이기 놀이는 앞사람이 한 말에 다른 내용을 덧붙여 말하는 놀이예요.

말 전하기 놀이는 앞사람이 전한 말 내용을 똑같이 다른 사람에게 전달하는 놀이지요.

수수께끼는 어떤 사물에 대해 바로 말하지 않고 빗대어 말하여 알아맞히는 놀이예요.

스무고개는 스무 번까지 질문을 하면서 문제의 답을 알아맞히는 놀이예요.

문제 마당

도전! 나도 백점

수수께끼를 만들어 볼까요?

1. 수수께끼 문제는 어떻게 만들어야 할까요? 수수께끼 문제와 만드는 방법끼리 연결해 보세요.

① 사물의 이름을 이용한 수수께끼 •	• ㉠ 여름에는 일하고 겨울에는 쉬는 것은?
② 사물의 특징을 이용한 수수께끼 •	• ㉡ 가만히 있어도 붙잡을 수 없는 것은?
③ 사물의 서로 다른 점을 이용한 수수께끼 •	• ㉢ 개 가운데 가장 큰 개는?
④ 사물의 모양을 빗댄 수수께끼 •	• ㉣ 머리를 풀고 하늘로 올라가는 것은?

2. 다음 수수께끼의 답을 맞혀 보세요.

① 여름에는 일하고 겨울에는 쉬는 것은?

② 가만히 있어도 붙잡을 수 없는 것은?

③ 개 가운데 가장 큰 개는?

④ 걸어가면서 길 위에 도장을 찍는 것은?

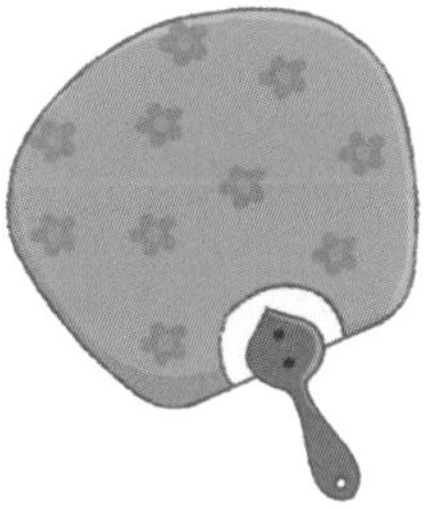

㉠ 부채

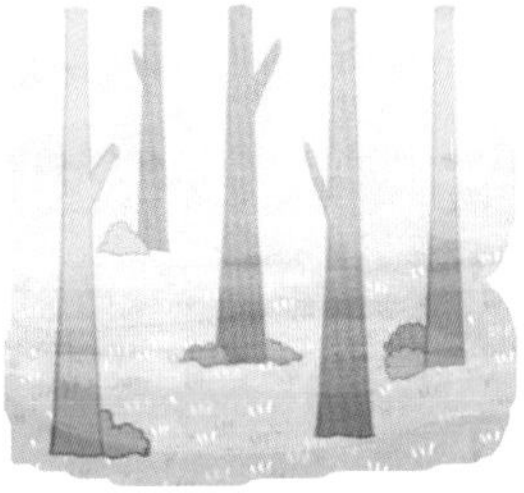

㉡ 안개

㉢ 지팡이

㉣ 그림자

여러 가지 말놀이를 해 볼까요?

3. 말잇기 놀이는 어떻게 하는 것일까요?

① 어떤 사물에 대하여 바로 말하지 않고 빗대어 말하여 알아맞히는 놀이예요.
② 앞사람이 한 말에 다른 내용을 덧붙여 말하는 놀이예요.
③ 앞사람이 말한 낱말의 끝 글자로 시작하는 낱말을 이어서 말하는 놀이예요.
④ 스무 번까지 질문을 하면서 문제의 답을 알아맞히는 놀이예요.

4. 말잇기 놀이를 하는 방법을 순서대로 골라 보세요.

앞사람이 말한 낱말의 끝 글자로 시작하는 낱말을 이어서 말해요.
같은 방법으로 계속 이어 가면서 놀이를 하면 돼요.
시작하는 사람이 하나의 낱말을 이야기해요.

① ② ③

5. 말잇기 놀이를 할 때 주의할 점은 무엇인가요? 모두 골라 보세요.

① 앞서 나온 낱말은 다시 말하면 안 돼요.
② 종이에 적어 놨다가 천천히 말해도 돼요.
③ 5초 안에 말해야 해요.
④ 한 번 나온 낱말을 또 말해도 돼요.

6. 말잇기 놀이를 하면 무엇이 좋을까요?

① 덧셈 뺄셈을 잘하게 돼요.
② 많은 단어가 나오니까 낱말 실력이 늘어요.
③ 목소리가 좋아져요.
④ 친구들과 친해져요.

7. 스무 번까지 질문을 하면서 문제의 답을 알아맞히는 놀이를 무엇이라고 하나요?

① 말잇기 놀이 ② 말 전하기 놀이 ③ 수수께끼 놀이 ④ 스무고개

8. 지금 아이들이 하는 놀이는 무엇인가요?

시장에 가면 생선도 있고.
시장에 가면 생선도 있고, 우산도 있고.
시장에 가면 생선도 있고, 우산도 있고, 고구마도 있고.

① 말 전하기 놀이 ② 말 덧붙이기 놀이 ③ 수수께끼 놀이 ④ 스무고개

9. 앞사람이 전한 말 내용을 똑같이 다른 사람에게 전달하는 놀이를 무엇이라고 하나요?

① 말잇기 놀이 ② 수수께끼 놀이 ③ 말 전하기 놀이 ④ 스무고개

정답

1. ①-ㄷ, ②-ㄴ, ③-ㄱ, ④-ㄹ 2. ①-ㄱ, ②-ㄹ, ③-ㄴ, ④-ㄷ 3. ③ 4. ③-①-② 5. ①, ③ 6. ② 7. ④
8. ② 9. ③

7장

칭찬하는 법과 재미있는 장면 상상하기

공부할 내용

- 칭찬하는 말을 할 줄 알기
- 글의 다음 내용을 상상하기

신데렐라, 그 후의 이야기

뭐하니?
책 읽고 있어. 신데렐라 동화책인데, 정말 재밌어.
신데렐라
당연히 봤지. 그 정도야 벌써 봤지.
넌 읽었니?
신데렐라
아, 그거!
신데렐라가 왕자님과 춤을 추다가 신발을 잃어버렸잖아. 그리고 어떻게 됐어?
안 읽었다고 사실대로 말하면 창피 당할 텐데.

한 줄 읽기

이야기를 읽을 때 언제, 어디서, 어떤 일이 일어났는지를 생각하며 읽으면 일의 차례를 잘 알 수 있다.

스토리 텔링

유령과 마법 상자

하앙

상원이는 깨진 돌 조각을 모두 모아 상자 속에 넣고 뚜껑을 닫았어요.

그러자 상자에서 보랏빛이 환하게 새어 나왔지요.

"이제 됐다!"

상원이와 마브르가 마음을 놓으려는데…….

갑자기 상자 속의 빛이 사라지더니, 주변이 깜깜해지고 말았어요.

"어, 이게 어떻게 된 일이지?"

그때 유령의 심술궂은 목소리가 들려왔지요.

"하하, 내가 그렇게 호락호락 상자를 내줄 것 같으냐? 마지막 내기를 하자. 이 내기에서도 이기면 상자를 돌려주마."

유령의 말이 끝나기 무섭게 거대한 바둑판처럼 생긴 바닥에서 불빛이 새어 나왔어요.

각 칸마다 글자들이 쓰여 있었고, 몇 개의 주황색 칸이 놓여 있었어요.

"빈칸에 들어갈 단어를 골라 봐."

"멍! 상원아, 모두 다 뜻이 통하는 글자를 골라 넣으면 돼!"

"말이 쉽지……. 그런 걸 찾기가 얼마나 어렵다고!"

상원이는 입이 바짝바짝 마르는 듯했어요.

"겸○! 자○! 그러니까 첫 칸에 들어갈 글자는 '손' 이야!"

순간 마법 상자의 뚜껑이 조금 열렸어요.

"좋았어, 가○리, ○징어! 둘째 칸에 들어갈 글자는 '오'!"

	자		가		
겸	(1)		(2)	징	어
			리		
항	아	(3)		절	(4)
		코			구
		더		장	단

"멍멍, 항아○, ○코더. 그러니까 셋째 칸에 들어갈 글자는 '리'!"
마브르도 한몫 거들었어요.
마지막 빈칸에 들어갈 글자는 "구!"
상원이와 마브르는 동시에 외쳤지요.

스르륵!

거짓말처럼 마법 상자의 뚜껑이 열렸어요!

상자 안에는 돌멩이가 들어 있었지요.

여덟 조각으로 부서졌던 바로 그 돌멩이였어요.

"됐어! 이 돌멩이만 있으면 친구들을 구할 수 있어."

상원이는 기뻐서 가슴이 두근두근 뛰었어요.

"마브르, 어서 가자!"

상원이는 돌멩이를 손에 꼭 움켜쥐고 마브르와 함께 성 밖으로 뛰쳐나와 동굴을 향해 달려갔어요.

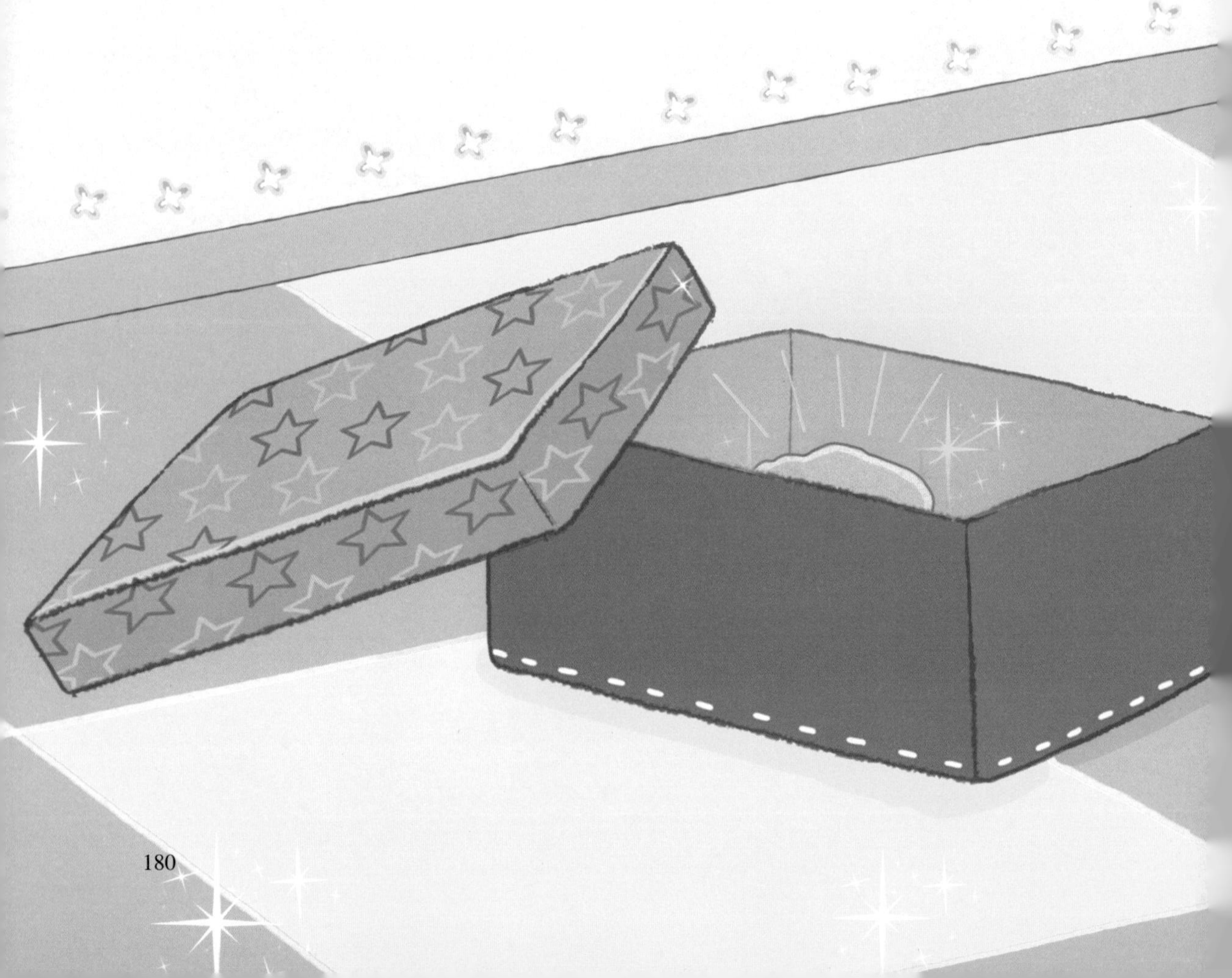

7

상원이가 돌멩이를 제자리에 돌려놓자 신기하게도 모든 것이 원래대로 돌아 왔어요.

돌로 변했던 해솔이, 호영이, 다다도 환한 빛을 내며 본 모습으로 돌아왔지요.

“상원아, 네가 해냈구나! 넌 정말 대단해!”

다다가 울먹이며 상원이의 품에 와락 안겼어요.

그러자 상원이는 얼굴이 발그레, 귀까지 새빨개졌지요.

"상원이 네가 해낼 줄 알았어. 정말 고마워!"
"그래. 난 상원이를 믿었다고!"
해솔이와 호영이도 빙그레 웃으며 말했지요.

칭찬하는 말을 주고받아 보세요!

칭찬하는 말은 듣는 사람도, 하는 사람도 모두 기분 좋게 만들어 주는 힘이 있어요. 칭찬하는 말을 듣게 되면 자신감이 생겨서 더 노력하게 되고, 또 자기를 칭찬해 준 사람에게 친근함을 느끼고, 그 사람의 좋은 점을 찾아보게 되거든요. 칭찬하는 말을 할 때는 이렇게 하세요.

① 상대방의 장점, 상대방의 좋은 점 등을 이야기해 준다.
② 부드러운 말투로 칭찬하는 말을 전한다.
③ 때와 장소에 맞춰 칭찬하는 말을 해야 한다.

상대방이 나를 칭찬했는데 시큰둥한 표정으로 그 말을 듣는다거나, 별 반응을 나타내지 않는다면 칭찬을 해 준 사람의 기분이 언짢아질 수 있겠지요.

"미안하지만 상원아, 마법 반지를 돌려받아야 할 것 같아."

다다는 기어 들어가는 목소리로 말을 꺼냈어요.

금방이라도 눈물이 날 것처럼 슬픈 표정이었지요.

그도 그럴 것이 반지를 되돌려 받으면 이제 다시는 상원이를 마법 세계로 초대할 수 없게 돼요.

영영 볼 수 없는 거예요.

"슬퍼하지 마, 다다."

상원이는 애써 밝은 표정으로 다다를 향해 웃어 보였어요.

"우리 같은 장난꾸러기들이 또 말썽 부리면 안 되니까."

"하지만……! 이제 두 번 다시 널 볼 수 없잖아."

상원이의 말에 다다는 울음을 터뜨리고 말았어요.

"서운해하지 마, 다다. 우린 언제까지나 친구야. 네가 보고 싶을 때는 언제든 편지를 쓸게. 너도 내게 편지를 써 줘."

상원이는 다다의 눈물을 닦아 주며 말했어요.

다다도 애써 울음을 참으며 고개를 끄덕였지요.

글의 다음 내용을 상상해 보세요!

다다와 상원이는 앞으로 어떻게 될까요? 이대로 영영 헤어지고 마는 걸까요? 아니면 새로운 방법을 알아내서 다시 만날 수 있을까요? 이야기가 일어난 차례를 생각하면서 앞의 내용과 잘 어울리도록 다음 내용을 상상해 보는 것도 글을 읽는 또 다른 재미가 된답니다.

다다와 상원이에게 어떤 일이 일어날지 생각해 보고, 그 일이 일어나야만 하는 까닭을 이야기해 보세요. 글의 다음 내용을 상상해서 쓰면 여러분의 상상력이 담긴 독특하고 새로운 이야기가 탄생하게 될 거예요.

상원이와 해솔이, 호영이가 나란히 섰어요.
다다가 울먹이는 소리로 외쳤지요.
"라블라블뽀아띠! 반지야, 친구들을 원래 세상으로 데려가 줘."
그 순간 커다란 문이 생기고, 상원이와 친구들은 문 안으로 들어갔지요.
"……안녕, 다다야."

"상원아, 놀러 가자!"
"안 돼! 나 집에 가야 해."
상원이는 학교가 끝나면 언제나 집으로 쌩!
우편함 앞에 서서 눈을 감고 손을 집어넣었지요.
"와, 왔다!"
상원이는 노란 편지 봉투를 들고 기뻐서 소리쳤어요.
기다리고 기다리던 다다의 편지였거든요!

안녕, 상원아.
잘 지내지?
말썽꾸러기 호영이랑 해솔이는 어떻게 지내니?
여전히 말성을 피우고 있겠지?
난 요즘 공부에 재미를 느끼고 있어.
두고 봐, 앞으로 공부 열씨미 해서 반드시 너보다 더 똑똑해질 테야.

다다의 편지를 읽던 상원이는 피식 웃음을 터뜨렸어요.
"똑똑해지는 것도 좋지만 그 전에 맞춤법부터 제대로 배워야겠는걸, 다다?"
상원이의 어깨 너머로 편지를 힐끔힐끔 보던 마브르도 덩달아 멍멍!
아마 상원이하고 똑같은 말을 하는 거겠죠?

맞춤법을 지켜야 하는 이유는 무엇일까요?

매일 쓰는 것이지만 막상 우리말을 바르게 쓴다는 것은 쉽지 않은 일이에요. 특히 인터넷이 널리 보급된 요즘에는 맞춤법을 쉽게 어기게 되지요. 그렇지만 맞춤법이란 꼭 필요한 것이에요. 어법에 맞는 표현을 해야만 자신의 뜻을 다른 사람에게 명확하게 전달할 수 있거든요.
맞춤법은 글자를 바르게 쓰는 것뿐만 아니라, 올바른 띄어쓰기, 바른 소리로 읽기, 정확한 의미 전달을 할 수 있는 단어 사용하기, 문장 부호 올바르게 쓰기 등을 모두 포함하는 것이랍니다.

알맹이 마당

칭찬하는 말을 해 보자!

칭찬하는 말은 어떻게 해야 할까요?

칭찬을 들으면 고맙다는 인사를 하도록 해. 칭찬을 했는데 시큰둥한 표정을 지으면 칭찬해 준 사람의 기분이 언짢아질 거야.

칭찬하는 말은 듣는 사람도, 하는 사람도 모두 기분 좋게 만들어 줘요.
칭찬하는 말을 들으면 자신감이 생기고, 자기를 칭찬해 준 사람과 친해지게 돼요.

그런데 칭찬하는 말을 할 때 방법이 있어요.

상대방의 장점, 상대방의 좋은 점 등을 이야기해 주세요.

부드러운 말투로, 듣기 좋은 말투로 칭찬하세요.

때와 장소에 잘 맞는 말투로 칭찬하세요.

글의 다음 내용을 상상해 보세요.

일이 일어난 차례를 생각하면서, 앞으로 어떤 일이 일어날지 이야기를 꾸며 봐.

이야기를 읽을 때 일이 일어난 차례를 생각하며 읽어 보세요. 언제, 어디에서, 어떤 일이 일어났는지를 생각하면서 읽으면 일이 일어난 차례를 잘 알 수 있어요.

또 이야기를 읽으면서 이야기의 뒷부분을 상상해 보세요. 생각보다 참 재미납니다. 이야기가 일어난 차례를 생각하고, 앞의 내용과 잘 어울리도록 다음 내용을 상상하는 거지요.

재미있는 이야기를 상상해서 글을 쓰면, 여러분의 상상력이 담긴 독특하고 새로운 이야기가 만들어져요. 여러분도 훌륭한 작가가 될 수 있어요.

띄어쓰기의 규칙에 대해 알아볼까요?

선우 선이 맞아요?
선우선이 맞아요?
어떤 것이 성이고, 어떤 것이 이름인지 읽는 사람이 헷갈리는 경우에는 띄어 쓰도록 해. 선우가 성이면 '선우 선'이라고 띄어 써야 해.

① 성과 이름은 붙여 써요.

우리말을 쓸 때 성과 이름은 붙여 써야 해요. 다만 어떤 것이 성이고, 어떤 것이 이름인지 헷갈리는 경우에는 띄어 쓰지요. 예를 들어서 '선우가 성이고, 이름이 선' 이라면 '선우 선' 처럼 띄어 써도 좋아요.

이름 뒤에 붙는 '씨' 라는 호칭은 띄어 써야 해요. '상원 씨' 처럼요.

또 우리가 상대방을 높여 부를 때 이름 뒤에 '님' 을 붙이는 경우가 많은데, 이것은 잘못된 표현이에요.

'님' 은 사람의 직책이나 신분을 표현할 때 붙여 쓰는 것이거든요. 그러니까 '상원 님' 이라는 표현은 잘못된 것이지요.

② 조사가 들어갈 때는 붙여 써요.

띄어쓰기에서 가장 중요한 원칙은 모든 낱말을 띄어 쓴다는 거예요.

하지만 '–은, –는, –이, –부터, –처럼, –만이라도' 처럼 낱말 뒤에서 어떤 뜻을 더해 주거나 앞 뒤 낱말의 뜻을 명확하게 해 주는 말은 붙여 써야 해요.

문제
마당

도전! 나도 백점

칭찬하는 말은 어떻게 할까요?

1. 칭찬하는 말을 들으면 어떤 점이 좋을까요? 알맞지 않은 것을 고르세요.

① 하는 사람의 기분이 좋아집니다.
② 듣는 사람의 기분이 좋아집니다.
③ 나쁜 점을 고치게 됩니다.
④ 자신감이 생깁니다.

2. 칭찬하는 말을 할 때에는 어떻게 해야 하나요? 알맞지 않은 것을 고르세요.

① 친구가 잘하는 점을 칭찬합니다.
② 친구가 열심히 하는 점을 칭찬합니다.
③ 친구의 좋은 점을 칭찬합니다.
④ 친구가 나쁘게 한 행동을 칭찬합니다.

3. 칭찬을 할 때에는 어떤 말투로 해야 하나요?

① 부드럽고 듣기 좋은 말투
② 날카로운 말투
③ 큰 목소리로 소리를 지르는 말투
④ 칭얼거리는 말투

이어질 내용을 상상해 볼까요?

4~8. 다음 글을 읽고 문제에 답을 해 보세요.

일요일 저녁이었습니다. 상원이는 운동장에 홀로 있었습니다.
그때 번쩍, 하고 하늘에서 비행접시들이 나타났습니다.
비행접시들은 알록달록 여러 색깔이었습니다.
비행접시들은 학교 운동장에 내려앉았습니다.
비행접시의 문이 열리면서 희미한 그림자가 나타났습니다.
상원이는 깜짝 놀라 눈이 커졌습니다.
그림자가 서서히 다가왔습니다. 초록 빛깔의 외계인이었습니다.
그런데 얼굴이!
상원이는 기절을 할 지경이었습니다.

4. 이 글에서 시간을 나타내는 말은 무엇인가요?

① 운동장 ② 일요일 저녁 ③ 외계인 ④ 알록달록

5. 이 글에서 장소를 나타내는 말은 무엇인가요?

① 학교 운동장 ② 일요일 저녁 ③ 외계인 ④ 알록달록

6. 이 글의 내용으로 알맞지 않은 것은 무엇인가요?

① 상원이는 외계인을 만났다.
② 비행접시는 알록달록 여러 색깔이었다.
③ 외계인은 깜짝 놀랐다.
④ 상원이는 외계인의 얼굴을 봤다.

7. 이어질 이야기를 꾸미는 방법으로 알맞지 않은 것을 골라 보세요.

① 이야기가 일어난 차례를 생각한다.
② 앞의 내용과 잘 어울리도록 한다.
③ 일이 일어난 까닭에 맞게 뒷이야기를 꾸민다.
④ 일이 일어난 때와 곳은 생각할 필요가 없다 .

8. 옆 면에 이 글의 뒷이야기를 상상해서 써 보세요.

정답

1. ③ 2. ④ 3. ① 4. ② 5. ① 6. ③ 7. ④ 8. 예) 외계인의 얼굴은 상원이와 똑같은 얼굴이었습니다.